COLLECTION FOLIO

Federico Garcia Lorca

Noces de sang

Traduit de l'espagnol par Marcelle Auclair
Poèmes traduits par Jean Prévost

suivi de

La maison
de Bernarda Alba

Traduit de l'espagnol par André Belamich
Préface d'André Belamich

Gallimard

Titres originaux :

BODAS DE SANGRE

LA CASA DE BERNARDA ALBA

© *Éditions Gallimarad, 1947, pour* Noces de sang.
© *Éditions Gallimard, 1957, pour* La maison de Bernarda Alba.
© *Éditions Gallimard, 2006, pour la préface.*

Federico Garcia Lorca est né le 5 juin 1898 en Andalousie. Après une enfance à la campagne, il étudie le droit et les lettres à l'Université de Grenade. Puis il s'installe à Madrid, publie un *Livre de Poèmes* et fait jouer en 1927 son drame *Mariana Pineda*. *Le Romancero gitan*, publié en 1928, connaît un succès retentissant, et *Noces de Sang* (1933) rend Lorca mondialement célèbre. De 1932 à 1935, Lorca dirige une troupe d'étudiants bénévoles (« La Barraca ») qui répand la culture classique à travers toute l'Espagne. *Yerma* est créée en 1935. Il ne verra jamais jouer *La maison de Bernarda Alba*, achevée le 19 juin 1936, car deux mois plus tard, il sera fusillé par un peloton d'exécution franquiste, près de Grenade.

Les théâtres de Garcia Lorca

Ce qui frappe dans la production théâtrale de Lorca — menée parallèlement avec la création poétique — c'est, à la fois, son abondance (elle n'a eu qu'une quinzaine d'années pour s'accomplir) et surtout sa diversité : un survol permet de distinguer dans l'ensemble de cette œuvre, sommairement, trois cycles de pièces qui auraient pu être produites par trois auteurs différents.

Le premier (1924-1926) se caractérise par son côté confidentiel, il trahit en sourdine une frustration amoureuse : Mariana Pineda, sa première héroïne, n'est pas aimée de retour ; la pétulance comique de la Savetière prodigieuse se nourrit de sa rage d'avoir lié sa vie à un vieux barbon ; quant à Perlimplin, c'est au prix d'une mortelle transfiguration qu'il réalise son rêve impossible : devenir un autre. Passant du grotesque au sublime, le pitre devient un héros tragique.

*Changement de décor : les deux drames qui succèdent (*Le public, *1930,* Lorsque cinq ans seront passés, *1931) sont contenus en germe dans le recueil* Poète à New York *dont on n'a pas encore mesuré la dimension universelle et cosmique. Son long séjour dans la métropole américaine (28 juin 1929-7 mars 1930) aura été pour Lorca l'événement capital de sa vie, une véritable seconde naissance qui déclenche en lui l'explosion de tous les paroxysmes, extension à l'illimité, engage* *ment social, colère, pitié, exploration hallucinée du monde de la mort. Le même bouillonnement fait naître les deux drames plus haut mentionnés.*

Le public, *pour plonger au plus profond du mystère et atteindre « la vérité des sépultures », c'est-à-dire l'ultime vérité de la vie, dépossède furieusement ses personnages de tous leurs masques successifs, avant de les réduire à néant, non sans mettre en pièces sur son passage la morale conventionnelle, ses tabous (il ose dès le début du spectacle poser le problème de l'homosexualité... en 1930 !) et toutes les structures du théâtre. C'est la plus haute vague du surréalisme, mais dont la violence est maîtrisée par un extraordinaire sang-froid.*

Œuvre polyphonique, Lorsque cinq ans seront passés *brasse les différents plans temporels, juxtapose, comme pour en dénoncer l'irréalité, le passé, le présent et le futur. Par un processus de génération proprement poétique, les motifs se prolongent en métamorphoses : le mariage impossible suscite l'apparition du Mannequin des noces impossibles ; l'enfant que le Jeune Homme n'aura jamais sous les traits de l'Enfant mort dont le deuil est assumé par la créature la plus pathétique de la pièce, la Femme masquée, autrefois grande dame, devenue concierge de la maison. C'est un cauchemar dont la logique est implacable. On n'a rien écrit à cette époque d'aussi hardi, d'aussi désespéré que ces deux pièces... encore ignorées.*

Et brusquement, en 1932, le théâtre de Lorca prend, avec Noces de sang *et les pièces qui suivront, une orientation diamétralement opposée. Il abandonne le monde de l'angoisse existentielle pour la représentation de la vie réelle, illustrée par des personnages de tous les jours, dotés d'un état civil, placés dans un décor reconnaissable. Le langage du cauchemar se mue en celui de la vie quotidienne, clair et accessible à tous.*

Comment expliquer cette volte-face ? Par l'accueil réservé, voire glacial, des amis à qui Lorca lit ses deux pièces cryptiques ?

Par sa volonté de les imposer lorsqu'il se sera fait un nom ?
*Une autre raison, déterminante, provoque cette conversion : la
générosité, le contact, la communion du poète avec son peuple.
Son expérience de « La Barraca » en est le témoignage le plus
probant. La République, ardemment souhaitée, proclamée le
14 avril 1931, lui en donne l'occasion. À la tête du théâtre
ambulant qu'il a conçu et réalisé, approuvé et soutenu par le
ministre de l'Éducation nationale, animé par une trentaine d'étu-
diants-acteurs bénévoles, le poète répand à travers la péninsule et
jusque dans les petits villages la féerie du Siècle d'Or : Cervantès,
Lope de Vega, Calderón, etc., et l'attention fervente de son nouveau public, souvent analphabète, le bouleverse. De juillet 1932
jusqu'en 1935, il se dévoue corps et âme à cette œuvre d'intérêt
national. Il sait désormais qu'il doit tenir compte aussi d'un
autre public, qu'il doit toucher aussi une audience plus large.*

*C'est pour eux qu'il a entamé ce dernier cycle, qui commence
avec* Noces de sang *et s'achève avec* La Maison de Bernarda Alba. *Le dernier mot de sa dernière pièce est « Silence »,
suivi sur le manuscrit de la date : « Vendredi 19 juin 1936 ».*

*Deux mois plus tard, le poète, au sommet de son génie et riche
d'une foule de projets, était abattu, à trente-huit ans, non loin de
son village natal, par un peloton d'exécution franquiste.*

ANDRÉ BELAMICH

NOCES DE SANG

PERSONNAGES

Noces de sang *fut créé à Paris en juin 1938 au Théâtre de l'Atelier avec la distribution suivante :*

LA MÈRE	Marie Kalf.
LA FIANCÉE	Germaine Montero.
LA BELLE-MÈRE	Germaine Ledoyen.
LA FEMME DE LÉONARD	Catherine Seneur.
LA SERVANTE	Charlotte Classis.
LA VOISINE	Annie Carriel.
JEUNES FILLES	Claire Jordan, Éléonore Hirt, etc.
LÉONARD	Marcel Lupovici.
LE FIANCÉ	André Roussin.
LE PÈRE DE LA FIANCÉE	Pierre Rish.
LA MORT *(en mendiante).*	Annie Carriel.
BÛCHERONS	
JEUNES GENS	
LA LUNE *(le personnage de la lune avait été sup-*

primé à la création. A la reprise en 1939, le rôle fut créé par Jean Marchat).

Mise en scène de MARCEL HERRAND.

Cette traduction de 1933 a été entièrement revue et complétée par Michel Prévost d'après l'édition des Œuvres complètes *de F. G. Lorca (Aguilar, 1960).*

ACTE PREMIER

PREMIER TABLEAU

Une pièce peinte en jaune. Entre le fiancé.

LE FIANCÉ

Mère!

LA MÈRE

Quoi?

LE FIANCÉ

Je m'en vais.

LA MÈRE

Où ça?

LE FIANCÉ

A la vigne.

Il va sortir.

LA MÈRE

Attends.

LE FIANCÉ

Quoi donc?

LA MÈRE

Ton déjeuner.

LE FIANCÉ

Laisse, je mangerai du raisin. Donne-moi mon couteau.

LA MÈRE

Pour quoi faire?

LE FIANCÉ, *riant.*

Pour couper les grappes.

LA MÈRE, *elle cherche le couteau
et dit entre ses dents :*

Le couteau! le couteau! Maudits soient-ils tous, et maudit celui qui les a inventés!

LE FIANCÉ

Parlons d'autre chose.

LA MÈRE

Et maudits les fusils, les pistolets, la plus petite des lames, et maudites même les bêches et les fourches!

LE FIANCÉ

Ça va!

LA MÈRE

Tout ce qui peut fendre le corps de l'homme :

un bel homme, la fleur à la bouche, qui se rend
à sa vigne ou à son olivaie, dont il est proprié-
taire, par droit d'héritage.

LE FIANCÉ, *baissant la tête*.

Taisez-vous.

LA MÈRE

Et cet homme-là ne revient pas, ou s'il revient,
il ne vaut pas plus que la palme ou l'assiettée de
gros sel qu'on met sur un mort pour l'empêcher
de gonfler. Je ne sais pas comment tu oses porter
un couteau sur toi, ni pourquoi je laisse la serpe
dans la huche.

LE FIANCÉ

As-tu assez parlé?

LA MÈRE

Je vivrais cent ans que je ne parlerais pas
d'autre chose. D'abord, ton père, qui pour moi
sentait l'œillet : j'ai joui de lui trois ans à peine.
Et puis, ton frère. Est-il juste, est-il possible
qu'une chose menue, pistolet ou couteau, puisse
en finir avec un homme fort comme un taureau?
Jamais je ne me tairai. Les mois passent, et le
désespoir me pique les yeux, jusqu'à la pointe des
cheveux.

LE FIANCÉ, *fort*.

Vas-tu te taire?

LA MÈRE

Non. Je ne me tairai pas. Peut-on me ramener ton père? Ton frère? Il y a le bagne. Qu'est-ce que c'est, le bagne? On y mange, on y fume. Tandis que mes morts sont pleins d'herbe, sans parole, en poussière, des hommes qui étaient comme des géraniums. Les assassins, eux, ils sont au bagne, tout guillerets, ils regardent les bois.

LE FIANCÉ

C'est-il que vous voulez que je les tue?

LA MÈRE

Non, si je parle c'est que... Comment ne pas parler quand je te vois sortir par cette porte? C'est que... Je n'aime pas que tu prennes un couteau... C'est que... Je voudrais que tu n'ailles pas aux champs...

LE FIANCÉ, *riant*.

Allons, bon!

LA MÈRE

J'aurais aimé que tu sois une fille. Tu n'irais pas à la rivière! Nous resterions ici toutes les deux, à broder des garnitures, et des petits chiens en laine.

LE FIANCÉ, *il prend en riant sa mère par le bras*.

Mère, et si je vous emmenais à la vigne avec moi?

LA MÈRE

Que ferais-tu d'une vieille, à la vigne? Tu me cacherais dans les treilles?

LE FIANCÉ, *la soulevant dans ses bras.*

Vieille, très vieille, et plus vieille encore!

LA MÈRE

Ton père, lui, il m'emmenait. Bonne caste, bon sang. Ton aïeul a semé des enfants partout. Voilà qui me plaît : les hommes, bons mâles. Le blé, bon blé.

LE FIANCÉ

Et moi, mère?

LA MÈRE

Quoi, toi?

LE FIANCÉ

Faut-il que je le redise?

LA MÈRE, *grave.*

Ah!

LE FIANCÉ

Ça vous déplaît?

LA MÈRE

Non.

LE FIANCÉ

Alors?

LA MÈRE

Je ne sais pas moi-même. Cela me surprend toujours. Je sais qu'elle est brave fille. N'est-ce pas? Gentille. Travailleuse. Elle pétrit elle-même son pain, elle coud ses jupes. Pourtant, quand on la nomme, c'est comme si je recevais une pierre en plein front.

LE FIANCÉ

Sottises.

LA MÈRE

Pire que sottises. C'est qu'alors je resterai seule. Je n'ai plus que toi, je regrette que tu t'en ailles.

LE FIANCÉ

Vous viendrez avec nous.

LA MÈRE

Non, je ne peux pas laisser ton père et ton frère seuls ici. Il faut que j'aille tous les matins au cimetière : si un des Félix mourait, un de la famille des assassins, et si on me l'enterrait auprès des miens... Pour ça, non! Ah! pour ça, non! Je le déterrerais avec mes ongles, et je l'éclaterais contre le mur.

LE FIANCÉ, *fort.*

Ça recommence!

LA MÈRE

Pardon! *(Un temps.)* Combien ça fait-il que tu la fréquentes.

LE FIANCÉ

Trois ans. Depuis, j'ai pu acheter la vigne.

LA MÈRE

Trois ans... Elle a déjà été fiancée, pas vrai?

LE FIANCÉ

Je n'en sais rien. Je crois que non. Et puis,
une fille doit regarder qui elle épouse.

LA MÈRE

Oui. Moi, je n'ai regardé personne. J'ai regardé
ton père, et quand on me l'a eu tué, j'ai regardé
le mur d'en face. Une femme avec un homme :
c'est tout.

LE FIANCÉ

Vous savez bien que ma fiancée est sage.

LA MÈRE

Je n'en doute pas. Tout de même, j'aimerais
savoir comment était sa mère.

LE FIANCÉ

Qu'est-ce que ça peut faire?

LA MÈRE, *le regardant.*

Fils!

LE FIANCÉ

Que voulez-vous encore?

LA MÈRE

C'est bon. Tu as raison! Quand veux-tu que je fasse la demande?

LE FIANCÉ, *joyeux*.

Dimanche, ça vous irait?

LA MÈRE, *grave*.

Je lui porterai les boucles d'oreilles en bronze, elles sont anciennes... Et toi, achète-lui...

LE FIANCÉ

Vous savez mieux que moi.

LA MÈRE

Achète-lui des bas à jours, et, pour toi, fais faire deux habits! Trois habits! Je n'ai que toi!

LE FIANCÉ

Je m'en vais. J'irai la voir demain.

LA MÈRE

Oui. Et tâche de me réjouir avec six petits-enfants, ou davantage, si ça te fait envie. Puisque ton père n'a pas eu le temps de me les donner.

LE FIANCÉ

Le premier-né sera pour vous.

LA MÈRE

Oui. Mais qu'il y ait des filles... Je veux broder, faire de la dentelle, et avoir la paix.

LE FIANCÉ

Je suis sûr que vous aimerez ma fiancée.

LA MÈRE

Je l'aimerai. *(Elle s'approche de lui pour l'embrasser, et s'arrête.)* Va, tu n'es plus d'âge à ce que je t'embrasse. Tu embrasseras ta femme... *(un temps, puis à part)* quand elle sera ta femme.

LE FIANCÉ

Je m'en vais.

LA MÈRE

Bêche bien la vigne du petit moulin : tu la négliges.

LE FIANCÉ

Entendu!

LA MÈRE

Dieu te garde!

> *Le fiancé sort. La mère reste assise, le dos tourné à la porte. Apparaît sur le seuil une voisine vêtue de sombre, un châle sur la tête.*

Entre!

LA VOISINE

Comment vas-tu?

LA MÈRE

Comme tu vois.

LA VOISINE

Je suis descendue aux provisions, et j'entre en passant. Nous habitons si loin!

LA MÈRE

Il y a vingt ans que je ne suis pas montée jusqu'au bout de la rue.

LA VOISINE

Toi, tu vas bien.

LA MÈRE

Tu crois?

LA VOISINE

Tout passe. Il y a deux jours, on a ramené le fils de ma voisine les deux bras coupés par la machine.

Elle s'assied.

LA MÈRE

Raphaël?

LA VOISINE

Oui. Voilà où il en est. Je pense que ton fils et le mien sont bien là où ils sont, endormis, tranquilles, plutôt qu'exposés à vivre estropiés.

LA MÈRE

Tais-toi. Inventions, tout ça. Ça ne console point.

LA VOISINE, *soupirant.*

Aïe!

LA MÈRE, *soupirant.*

Aïe!

Silence.

LA VOISINE, *triste.*

Et ton fils?

LA MÈRE

Il est sorti.

LA VOISINE

Il a fini par l'acheter, sa vigne.

LA MÈRE

Il a eu de la chance.

LA VOISINE

Il va pouvoir se marier.

LA MÈRE, *comme si elle s'éveillait,*
elle approche sa chaise de celle de la voisine.

Écoute.

LA VOISINE, *du ton des confidences.*

Dis-moi.

LA MÈRE

Tu connais la fiancée de mon fils?

LA VOISINE

C'est une bonne fille.

LA MÈRE

Oui, mais...

LA VOISINE

Mais qui la connaît à fond? Personne. Elle vit seule avec son père, là-bas, si loin, à dix lieues de toute autre maison. Mais elle est brave, habituée à la solitude.

LA MÈRE

Et sa mère?

LA VOISINE

J'ai connu sa mère. Elle était belle, sa figure brillait comme celle d'une sainte, mais, à moi, jamais elle ne m'a plu. Elle n'aimait pas son mari.

LA MÈRE, *fort.*

Vous en savez des choses, vous, les gens!

LA VOISINE

Pardonne-moi. Je n'ai voulu offenser personne : mais c'est la vérité. Maintenant, si elle était honnête ou pas, nul ne l'a dit. On n'a pas parlé d'elle. C'était une orgueilleuse.

LA MÈRE

Encore!

LA VOISINE

C'est toi qui m'interroges...

LA MÈRE

C'est que je voudrais que personne ne les connaisse, ni la vivante ni la morte. Qu'elles soient comme deux chardons qu'on ne nomme même pas, mais qui piquent s'il le faut.

LA VOISINE

Tu as raison. Ton fils vaut son pesant d'or.

LA MÈRE

Il le vaut. Aussi, je le soigne. On m'a dit que la jeune fille a déjà été fiancée.

LA VOISINE

Elle devait avoir quinze ans. Il y a déjà deux ans qu'il s'est marié, lui, avec une de ses cousines à elle. Tout le monde a oublié ces fiançailles.

LA MÈRE

Toi, les as-tu oubliées?

LA VOISINE

Tu as de ces questions!

LA MÈRE

Nous aimons tous à savoir ce qui peut nous faire souffrir. Qui était ce fiancé?

LA VOISINE

Léonard.

LA MÈRE

Quel Léonard?

LA VOISINE

Léonard, des Félix.

LA MÈRE, *se levant.*

Des Félix!

LA VOISINE

Femme, est-ce la faute de Léonard? Il avait huit ans au moment de vos histoires.

LA MÈRE

C'est vrai... Mais quand on nomme ces Félix, *(entre ses dents)* Félix... c'est comme si ma bouche se remplissait de boue. *(Elle crache.)* Et il faut que je crache, que je crache pour ne pas tuer.

LA VOISINE

Calme-toi. A quoi ça t'avance?

LA MÈRE

A rien. Mais tu me comprends.

LA VOISINE

Ne t'oppose pas au bonheur de ton fils. Ne lui dis rien. Tu es vieille. Moi aussi. Toi et moi, nous n'avons plus qu'à nous taire.

LA MÈRE

Je ne dirai rien.

LA VOISINE

Rien.

Elle l'embrasse.

LA MÈRE, *paisible.*

Tout ce qui arrive!...

LA VOISINE

Je m'en vais. Ils vont bientôt rentrer des champs.

LA MÈRE

Qu'est-ce que tu dis de cette chaleur?

LA VOISINE

Les gosses qui portent à boire aux moissonneurs sont tout noirs. Adieu, femme.

LA MÈRE

Adieu.

La mère se retourne vers la porte de gauche. A mi-chemin, elle s'arrête, et lentement se signe.

DEUXIÈME TABLEAU

Une pièce peinte en rose avec des cuivres et des bouquets rustiques. Au centre, une table, couverte d'une nappe. C'est le matin.

La belle-mère de l'autre tient dans les bras un enfant qu'elle berce.

La femme tricote à l'autre bout de la chambre.

LA BELLE-MÈRE

Dodo, l'enfant do,
La cavale noire
N'a pas voulu boire
Et l'eau coulait noire
Entre les rameaux.
Au pont se repose,
S'y met à chanter;
Qui saurait les choses
Qu'elle peut conter,
Quand l'eau se promène
Traînant longue traîne?

LA FEMME

Dormez, mon œillet,
La cavale noire
N'a pas voulu boire.

LA BELLE-MÈRE

Dormez, mon rosier,
La cavale noire
S'est mise à pleurer.
Les pattes blessées,
Crinière glacée
Dans ses yeux plongeant
Un poignard d'argent.

Roulent vers la rive :
Comme ils ont roulé!
Le sang a coulé
Plus fort que l'eau vive.

LA FEMME

Dormez, mon œillet,
La cavale noire
N'a pas voulu boire.

LA BELLE-MÈRE

Endors-toi, rosier,
La cavale noire
S'est mise à pleurer.

LA FEMME

Sa bouche brûlante
Aux mouches d'argent
Renâcle en soufflant
Contre l'eau courante...
Hennit, front dressé,
Aux montagnes dures,
Le fleuve a passé
Sur son encolure.

Ah! cavale noire
Qui ne veut pas boire,
Neige de chagrin,
Cheval du matin.

LA BELLE-MÈRE

Contre votre réveil
La fenêtre est fermée

De rameaux de sommeil,
De songes de ramée....

LA FEMME

Mon enfant s'endort.

LA BELLE-MÈRE

Mon enfant se tait.

LA FEMME

Cheval : mon enfant a un oreiller.

LA BELLE-MÈRE

Un berceau d'acier.

LA FEMME

Des draps de Hollande.

LA BELLE-MÈRE

Dodo, l'enfant do.

LA FEMME

Ah! cavale noire qui n'a pas voulu boire!

LA BELLE-MÈRE

N'entre pas, arrête!
Cours à la montagne
Dans les vallées grises,
Vers les juments grises!

LA FEMME, *après avoir regardé l'enfant.*

Mon enfant s'endort.

LA BELLE-MÈRE

Mon enfant repose.

LA FEMME, *plus bas.*

Dormez, mon œillet,
La cavale noire
N'a pas voulu boire.

LA BELLE-MÈRE, *se levant, dans un murmure :*

Dormez, mon œillet,
La cavale noire
S'est mise à pleurer...
Elle emporte l'enfant. Entre Léonard.

LÉONARD

Le petit?

LA FEMME

Il s'est endormi.

LÉONARD

Il n'allait pas bien, hier. Il a pleuré toute la
nuit.

LA FEMME, *joyeuse.*

Aujourd'hui, il est frais comme un dahlia. Et
toi? As-tu été chez le maréchal-ferrant?

LÉONARD

J'en viens. Crois-tu? Depuis plus de deux mois,
mon cheval perd tous ses fers neufs : les cailloux,
sans doute, qui les arrachent.

LA FEMME

Tu le montes peut-être beaucoup?

LÉONARD

Mais non. Je m'en sers à peine

LA FEMME

Hier, des voisines m'ont dit qu'elles t'ont vu à l'autre bout des plaines.

LÉONARD

Qui t'a dit ça?

LA FEMME

Celles qui cueillent les câpres. Vrai, ça m'a étonnée. C'était toi?

LÉONARD

Qu'irais-je faire dans ces causses?

LA FEMME

C'est bien ce que je leur ai répondu. Mais ton cheval était crevé, en sueur.

LÉONARD

Tu l'as vu?

LA FEMME

Moi, non. Ma mère.

LÉONARD

Elle est avec le petit?

LA FEMME

Oui. Veux-tu une citronnade?

LÉONARD

Avec de l'eau très froide.

LA FEMME

Comme tu n'es pas venu manger...

LÉONARD

J'étais avec ceux qui mesurent le blé. Le temps
a passé.

LA FEMME, *elle prépare la boisson. Très tendre.*

Ils le paient bien?

LÉONARD

Le prix juste.

LA FEMME

J'ai besoin d'une robe, et le petit d'un bonnet
à rubans.

LÉONARD

Je vais le voir.

Il se lève.

LA FEMME

Attention : il dort.

LA BELLE-MÈRE, *entrant.*

Mais qui donc fait faire ces courses au cheval?

Il est en bas, couché, les yeux hors de la tête comme s'il venait du bout du monde.

LÉONARD, *aigre.*

Moi.

LA BELLE-MÈRE

Pardon! Il t'appartient.

LA FEMME, *timidement.*

Il a été avec ceux qui mesurent le blé.

LA BELLE-MÈRE

Pour ce qui est de moi, le cheval peut bien crever!

Elle s'assied.
Silence.

LA FEMME

Bois. C'est frais?

LÉONARD

Oui.

LA FEMME

Sais-tu qu'on fait la demande pour ta cousine?

LÉONARD

Quand?

LA FEMME

Demain. Et dans un mois, la noce. J'espère qu'on viendra nous inviter?

LÉONARD, *grave.*

Je n'en sais rien.

LA BELLE-MÈRE

Je crois que sa mère à lui n'est pas très contente
du mariage.

LÉONARD

Elle a peut-être raison. C'est une fille à surveiller.

LA FEMME

Je n'aime pas que vous pensiez du mal d'une
brave fille.

LA BELLE-MÈRE, *avec intention.*

Il dit ça, parce qu'il la connaît... Tu le sais
bien, qu'il a été trois ans son fiancé...

LÉONARD

Mais je l'ai quittée. *(A sa femme :)* Tu ne vas
pas pleurer maintenant? Laisse ça! *(Il lui écarte
brusquement les mains du visage.)* Allons voir
le petit.

> *Ils sortent enlacés. Arrive, très gaie, la
> jeune fille. Elle entre en courant.*

LA JEUNE FILLE

Madame!

LA BELLE-MÈRE

Quoi?

LA JEUNE FILLE

Le fiancé est venu au magasin, et il a acheté tout ce qu'il y a de mieux.

LA BELLE-MÈRE

Il est venu seul?

LA JEUNE FILLE

Non. Avec sa mère. Grande, l'air sévère. *(Elle l'imite.)* Et quel étalage!

LA BELLE-MÈRE

Ils ont de l'argent.

LA JEUNE FILLE

Ils ont acheté des bas à jours! Quels bas! Les bas les plus beaux qu'une femme puisse rêver! Regardez : une hirondelle ici. *(Elle montre sa cheville.)* Un bateau ici. *(Elle montre son mollet.)* Et ici une rose.

Elle montre sa cuisse.

LA BELLE-MÈRE

Allons, petite, allons...

LA JEUNE FILLE

Une rose, avec les pétales et la tige. *(Elle soupire.)* Ah! tout en soie.

LA BELLE-MÈRE

Ils allient deux bons patrimoines.

Entrent Léonard et sa femme.

LA JEUNE FILLE

Je viens vous raconter ce qu'ils achètent

LÉONARD, *fort.*

Ça nous est égal.

LA FEMME

Laisse-la dire.

LA BELLE-MÈRE

Léonard... Il n'y a aucune raison...

LA JEUNE FILLE

Excusez-moi....

Elle sort en pleurant.

LA BELLE-MÈRE

Quel besoin as-tu de te brouiller avec les gens?

LÉONARD

Je ne vous demande pas votre avis.

Il s'assied.

LA BELLE-MÈRE

Bien.

Silence.

LA FEMME, *à Léonard.*

Qu'as-tu? Quelle idée te travaille? Je ne peux pas rester comme ça, sans rien savoir...

LÉONARD

Laisse!

LA FEMME

Non. Je veux que tu me regardes et que tu me le dises.

LÉONARD

Laisse-moi.

Il se lève.

LA FEMME

Où vas-tu?

LÉONARD, *aigre.*

Te tairas-tu?

LA BELLE-MÈRE, *énergiquement à sa fille.*

Tais-toi! *(Léonard sort.)* Le petit!

Elle sort. Elle revient, l'enfant dans ses bras.
La femme est restée debout, immobile.

LA BELLE-MÈRE, *avec l'enfant.*

Les pattes blessées,
Crinière glacée
Dans ses yeux plongeant
Un poignard d'argent.
Roulant à la rive.
Comme ils ont roulé!
Le sang a coulé
Plus fort que l'eau vive.

LA FEMME, *se retournant, lentement*
et comme en songe :

Dormez, mon œillet,

La cavale noire
A bien voulu boire...

LA BELLE-MÈRE

Dormez, mon rosier,
La cavale noire
S'est mise à pleurer...

LA FEMME

Dodo, l'enfant do.

LA BELLE-MÈRE

Ah! cavale noire
Qui n'as voulu boire!

LA FEMME, *tragique.*

N'entre pas! arrête!
Pars à la montagne!
Neige de chagrin,
Cheval du matin!

LA BELLE-MÈRE *pleure.*

Mon enfant s'endort...

LA FEMME, *elle pleure et s'approche lentement.*

Mon enfant repose...

LA BELLE-MÈRE

Dormez, mon œillet,
La cavale noire
N'a pas voulu boire...

LA FEMME, *elle pleure et s'appuie à la table.*

> Endors-toi, rosier,
> La cavale noire
> S'est mise à pleurer...

RIDEAU

TROISIÈME TABLEAU

L'intérieur de la grotte où habite la fiancée. Au fond, une croix de grandes fleurs roses. Les portes sont rondes, avec des rideaux de dentelle nouée de rubans roses. Aux murs, faits d'une matière blanche et dure, des éventails ronds, des vases bleus et de petits miroirs.

LA SERVANTE

Entrez!

> *Elle est très affable, pleine d'humble hypocrisie. Entrent le fiancé et sa mère. La mère, vêtue de satin noir, porte une mantille en dentelle. Le fiancé a un costume en velours à côte et une grosse chaîne d'or.*

Voulez-vous vous asseoir? Ils viennent tout de suite.

> *Elle sort. La mère et le fils restent assis, immobiles comme des statues. Long silence.*

LA MÈRE

As-tu pris ta montre?

LE FIANCÉ

Oui.

Il la tire de son gousset et regarde l'heure.

LA MÈRE

Nous devons rentrer de bonne heure. Que ces gens vivent loin!

LE FIANCÉ

Mais les terres sont bonnes.

LA MÈRE

Bonnes, mais trop isolées. En quatre heures de voyage, pas une maison, pas un arbre.

LE FIANCÉ

Ce sont les causses.

LA MÈRE

Tout ça, ton père l'aurait couvert d'arbres.

LE FIANCÉ

Sans eau?

LA MÈRE

Il en aurait cherché. Pendant les trois ans que nous avons été mariés, il a planté dix cerisiers *(elle cherche à se souvenir)*, les trois noyers du moulin, toute une vigne, et une plante qu'on

appelle Jupiter, qui donne des fleurs rouges, et
qui a séché.

Silence.

LE FIANCÉ, *pensant à sa fiancée.*

Elle doit être en train de s'habiller.

> *Entre le père de la fiancée. C'est un vieillard
> aux blancs cheveux brillants. Il a la tête pen-
> chée. La mère et le fiancé se lèvent, ils se
> donnent la main en silence.*

LE PÈRE

Vous avez mis longtemps pour venir?

LA MÈRE

Quatre heures.

LE PÈRE

Vous avez pris le chemin le plus long.

LA MÈRE

Je suis trop vieille pour prendre par les fon-
drières du fleuve.

LE FIANCÉ

Ça lui donne mal au cœur.

Silence.

LE PÈRE

Bonne récolte d'alfa.

LE FIANCÉ

Vraiment bonne.

LE PÈRE

De mon temps, ces terres ne donnaient pas même d'alfa. Il a fallu les châtier, les supplier, pour qu'elles produisent.

LA MÈRE

Mais elles rapportent, maintenant. Ne te plains pas : je ne viens rien te demander.

LE PÈRE, *souriant.*

Tu es plus riche que moi. Les vignes, c'est une fortune. Chaque plant vaut une pièce d'argent. Ce que je regrette, moi, c'est que nos terres... tu comprends, soient séparées... J'aime que tout soit ensemble. J'ai une épine dans le cœur : un petit verger enclavé dans mes terres, et qu'on ne veut pas me vendre pour tout l'or du monde.

LE FIANCÉ

C'est toujours ce qui arrive.

LE PÈRE

Si vingt paires de bœufs pouvaient amener tes vignes ici, et les installer aux flancs du coteau, ça serait une joie.

LA MÈRE

Pourquoi?

LE PÈRE

Ce qui est à moi est à elle, ce qui est à toi est à lui. Pour voir tout ensemble : car tout ensemble, ça, c'est beau!

LA MÈRE

Quand je mourrai, vous vendrez les terres de
là-bas et vous en achèterez près d'ici.

LE PÈRE

Vendre! Vendre! Bah! Ce qu'il faut, c'est acheter, ma fille, tout acheter. Si j'avais eu des fils,
j'aurais acheté tout ce plateau, jusqu'au ruisseau. La terre n'est pas bonne, mais avec des
bras, on la bonifie, et comme il n'y a pas ici de
passants pour te voler tes fruits, tu peux dormir
tranquille.

Silence.

LA MÈRE

Tu sais ce qui m'amène.

LE PÈRE

Oui.

LA MÈRE

Alors?

LE PÈRE

Je veux bien. Puisqu'ils sont d'accord.

LA MÈRE

Mon fils, il a de quoi.

LE PÈRE

Ma fille aussi.

LA MÈRE

Mon fils est beau. Il n'a jamais connu de femme. Son honneur est plus blanc qu'un drap au soleil.

LE PÈRE

Que dire de la mienne? Elle commence à pétrir le pain le matin à trois heures, quand l'étoile du Berger se lève. Jamais ne bavarde. Douce comme laine. Elle brode toutes sortes de broderies, mais elle pourrait couper une corde avec ses dents.

LA MÈRE

Dieu bénisse sa maison.

LE PÈRE

Que Dieu la bénisse.
> *Paraît la servante avec deux plateaux, l'un garni de verres, l'autre de pâtisseries.*

LA MÈRE, *au fils.*

Quel jour, la noce?

LE FIANCÉ

Jeudi prochain.

LE PÈRE

Ce jour-là juste, elle aura vingt-deux ans.

LA MÈRE

Vingt-deux ans! L'âge qu'aurait mon fils aîné

s'il vivait. Car il vivrait, chaud et mâle qu'il était, si les hommes n'avaient pas inventé les couteaux.

LE PÈRE

Il ne faut pas penser à ça.

LA MÈRE

J'y pense tout le temps. Mets-toi à ma place...

LE PÈRE

Alors, jeudi. Est-ce entendu?

LE FIANCÉ

Oui.

LE PÈRE

Les mariés et nous, nous irons en voiture jusqu'à l'église, qui est très éloignée. Les gens du cortège prendront les charrettes et les chevaux qui les auront amenés.

LA MÈRE

Entendu.

Passe la servante.

LE PÈRE

Dis-lui que maintenant elle peut entrer. *(A la mère :)* Je serai content qu'elle te plaise.

Paraît la fiancée. Ses mains pendent modestement et elle baisse la tête.

LA MÈRE

Approche. Tu es contente?

LA FIANCÉE

Oui, madame.

LE PÈRE

Ne prends pas cet air emprunté. A la fin du compte, elle va être ta mère.

LA FIANCÉE

Je suis contente. Si j'ai dit oui, c'est que je le voulais bien.

LA MÈRE

Naturellement. *(Elle lui prend le menton.)* Regarde-moi.

LE PÈRE

C'est tout le portrait de ma femme.

LA MÈRE

Oui? Quel beau regard! Tu sais ce que c'est que le mariage, petite?

LA FIANCÉE, *grave.*

Je le sais.

LA MÈRE

C'est un homme, des enfants, et un mur épais de deux mètres entre toi et tout le reste.

LA FIANCÉE

Y a-t-il besoin d'autre chose?

LA MÈRE

Non. Mais qu'ils vivent tous! Ça oui! Qu'ils vivent!

LA FIANCÉE

Je ferai mon devoir.

LA MÈRE

Tiens : quelques cadeaux.

LA FIANCÉE

Merci.

LE PÈRE

Vous prendrez bien quelque chose?

LA MÈRE

Moi, rien. *(Au fiancé :)* Et toi?

LE FIANCÉ

Je veux bien.
          Il prend un gâteau, la fiancée aussi.

LE PÈRE

Du vin?

LA MÈRE

Il n'y goûte jamais.

LE PÈRE

Tant mieux.

          Silence. Ils sont tous debout.

LE FIANCÉ, *à la fiancée.*

Je viendrai demain.

LA FIANCÉE

A quelle heure?

LE FIANCÉ

A cinq heures.

LA FIANCÉE

Je t'attendrai.

LE FIANCÉ

Quand je te quitte, je sens un grand arrache-
nent et comme un nœud dans la gorge.

LA FIANCÉE

Ça changera quand tu seras mon mari.

LE FIANCÉ

C'est ce que je me dis.

LA MÈRE

Allons... le soleil n'attend pas. *(Au père :)* Nous
sommes d'accord sur tout?

LE PÈRE

D'accord.

LA MÈRE, *à la servante.*

Au revoir.

LA SERVANTE

Dieu vous accompagne.

*La mère embrasse la fiancée et ils sortent en
silence.*

LA MÈRE, *sur le seuil.*

Au revoir, ma fille.

La fiancée répond d'un geste de la main.

LE PÈRE

Je vous accompagne.

Ils sortent.

LA SERVANTE

Je crève d'envie de voir les cadeaux.

LA FIANCÉE, *aigre.*

Laisse ça.

LA SERVANTE

Allons, petite! Montre-les-moi!

LA FIANCÉE

Je ne veux pas.

LA SERVANTE

Au moins les bas... On dit qu'ils sont à jours...
Je t'en prie.

LA FIANCÉE

J'ai dit non.

LA SERVANTE

Mon Dieu! Ça va!... on dirait que tu n'as pas
envie de te marier.

LA FIANCÉE, *se mordant la main.*

Aïe!

LA SERVANTE

Petite... Qu'est-ce que tu as? Est-ce que tu
regrettes de renoncer à cette existence de reine?
Ne pense à rien d'amer. As-tu des raisons? Aucune.
Allons voir les cadeaux.

Elle prend la boîte.

LA FIANCÉE, *la saisissant aux poignets.*

Lâche ça.

LA SERVANTE

Mais... voyons...

LA FIANCÉE

Lâche, te dis-je.

LA SERVANTE

Tu es plus forte qu'un homme.

LA FIANCÉE

N'ai-je pas fait des travaux d'homme? Si j'étais
seulement un garçon!

LA SERVANTE

Tu ne dois pas dire ça.

LA FIANCÉE

Tais-toi, te dis-je. Parlons d'autre chose.
*La lumière disparaît progressivement de la
scène.*

LA SERVANTE

La nuit dernière as-tu entendu un cheval?

LA FIANCÉE

A quelle heure?

LA SERVANTE

Trois heures.

LA FIANCÉE

C'était sans doute un échappé du troupeau.

LA SERVANTE

Non, il était monté.

LA FIANCÉE

Qu'en sais-tu?

LA SERVANTE

Je l'ai vu. Il s'est arrêté devant ta fenêtre.
Cela m'a beaucoup étonnée.

LA FIANCÉE

C'était peut-être mon fiancé. Il lui arrive de
venir vers ces heures.

LA SERVANTE

Non.

LA FIANCÉE

Tu as reconnu quelqu'un?

LA SERVANTE

Oui.

LA FIANCÉE

Qui était-ce?

LA SERVANTE

C'était Léonard.

LA FIANCÉE, *criant.*

Menteuse! Menteuse! Que viendrait-il faire?

LA SERVANTE

Il est venu.

LA FIANCÉE

Tais-toi. Maudite soit ta langue!
> On entend le galop d'un cheval.

LA SERVANTE, *à la fenêtre.*

Regarde. Penche-toi. C'était lui?

LA FIANCÉE, *tragique.*

Eh bien, oui! c'était lui.

RIDEAU TRÈS RAPIDE

ACTE DEUXIÈME

PREMIER TABLEAU

Devant la maison de la fiancée. Il fait nuit.
La fiancée entre en scène en jupon blanc amidonné,
garni de dentelles et de festons, cache-corset blanc,
les bras nus. La servante est dans la même tenue.

LA SERVANTE

Je vais finir de te coiffer ici.

LA FIANCÉE

A l'intérieur, on étouffe.

LA SERVANTE

L'aube même n'apporte pas de fraîcheur, dans
ce pays.

> *La fiancée s'assied sur une chaise basse,*
> *un petit miroir à la main. La servante la coiffe.*

LA FIANCÉE

Ma mère était d'un endroit couvert d'arbres.
De riches terres.

LA SERVANTE

C'est pour ça qu'elle était si gaie!

LA FIANCÉE

Oui. Mais elle s'est consumée ici.

LA SERVANTE

C'était son destin.

LA FIANCÉE

Comme nous nous consumons toutes. Ici, on prend feu rien qu'à toucher les murs. Aïe!... ne tire pas si fort!

LA SERVANTE

C'est pour mieux marquer cette dent. Je voudrais qu'elle tombe sur ton front. *(La fiancée se regarde.)* Que tu es belle! *(Elle soupire.)* Aïe!
Elle l'embrasse passionnément.

LA FIANCÉE, *gravement.*

Finis de me coiffer.

LA SERVANTE, *la coiffant.*

Heureuse, toi qui vas serrer un homme dans tes bras, l'embrasser, sentir son poids!

LA FIANCÉE

Tais-toi.

LA SERVANTE

Ce qu'il y a de plus beau, c'est le réveil : lorsque tu sentiras son souffle effleurer ton épaule comme la plume d'un rossignol.

LA FIANCÉE

Veux-tu te taire?

LA SERVANTE

Mais, ma fille, qu'est-ce qu'une noce? Les fleurs? Les gâteaux? Non. C'est un grand lit brillant, avec un homme et une femme.

LA FIANCÉE

On ne doit pas le dire.

LA SERVANTE

D'accord, mais n'empêche : c'est bien agréable.

LA FIANCÉE

Ou bien amer.

LA SERVANTE

Je vais disposer l'oranger pour qu'il se détache sur ta chevelure.

Elle lui essaie une ramille de fleur d'oranger.

LA FIANCÉE, *elle se regarde dans la glace.*

Donne.

Elle prend l'oranger, le regarde et laisse retomber sa tête accablée.

LA SERVANTE

Qu'est-ce qui t'arrive?...

LA FIANCÉE

Laisse...

LA SERVANTE

Ce n'est pas le moment de t'attrister. *(Avec entrain :)* Donne-moi l'oranger. *(La fiancée le jette à terre.)* Fille! Quel malheur veux-tu t'attirer en jetant à terre ta couronne? Lève ce front! Serait-ce que tu ne veux pas te marier? Dis-le. Il est encore temps de refuser.

Elle se lève.

LA FIANCÉE

Ce sont les nerfs... Qui n'en a jamais?

LA SERVANTE

Tu aimes ton fiancé?

LA FIANCÉE

Je l'aime.

LA SERVANTE

Oui, j'en suis sûre.

LA FIANCÉE

Mais c'est une grave décision.

LA SERVANTE

Il faut la prendre.

LA FIANCÉE

J'ai donné ma parole.

LA SERVANTE

Je vais placer ta couronne...

LA FIANCÉE, *elle s'assied.*

Dépêche-toi. Ils doivent être tout près d'arriver.

LA SERVANTE

Ils sont certainement en route depuis deux heures.

LA FIANCÉE

Quelle distance d'ici à l'église?

LA SERVANTE

Cinq lieues par le fleuve, mais par la route il faut compter le double.

La fiancée se lève. La servante s'exalte à sa vue.

> Lève-toi, la mariée,
> Ta noce est arrivée!
> Les fleuves de la terre
> S'en vont te couronner!

LA FIANCÉE, *souriante.*

Allons!

LA SERVANTE, *elle l'embrasse,*
et dans son enthousiasme danse autour d'elle.

> Lève-toi, la mariée!
> Prends un vert brin de laurier,
> Lève-toi, la mariée!
> Par les rameaux, par la feuillée,
> Par le cœur du tronc des lauriers!

On entend des coups de heurtoir.

LA FIANCÉE

Ouvre! Ce sont sans doute les premiers invités.

La fiancée sort. La servante ouvre la porte.
Entre Léonard.

LA SERVANTE, *avec étonnement.*

Toi?

LÉONARD

C'est moi. Bonjour.

LA SERVANTE

Le premier!

LÉONARD

Ne suis-je pas invité?

LA SERVANTE

Oui.

LÉONARD

Eh bien! je suis venu.

LA SERVANTE

Et ta femme?

LÉONARD

J'arrive à cheval. Elle, par la route.

LA SERVANTE

Tu n'as rencontré personne?

LÉONARD

Mon cheval a dépassé tout le monde.

LA SERVANTE

Tu vas crever la bête, avec ces galops.

LÉONARD

On l'enterrera.

Silence.

LA SERVANTE

Assieds-toi. Personne n'est encore levé.

LÉONARD

Et la mariée?

LA SERVANTE

Je vais l'habiller.

LÉONARD

La mariée! Elle doit être contente.

LA SERVANTE, *pour changer de conversation.*
Et le petit?

LÉONARD

Lequel?

LA SERVANTE

Ton fils.

LÉONARD, *se souvenant, et comme endormi.*
Ah! oui...

LA SERVANTE

Vous l'amenez?

LÉONARD

Non.

Silence. On entend des chants au loin.

LES VOIX

Lève-toi, mariée.
Ta noce est arrivée!

LÉONARD

Lève-toi, mariée.
Ta noce est arrivée!

LA SERVANTE

Ce sont nos gens. Ils sont encore loin.

LÉONARD, *se levant.*

La mariée portera une grosse couronne, n'est-ce
pas? Elle ne devrait pas. Une petite couronne lui
irait mieux. Et le marié? Lui a-t-il déjà offert
l'oranger qu'elle doit mettre à son corsage?

LA FIANCÉE, *elle apparaît encore en jupon
et parée de la couronne d'oranger.*

Il me l'a donné.

LA SERVANTE

Ne sors pas avant d'être habillée.

LA FIANCÉE

Qu'est-ce que ça fait? *(Gravement.)* Pourquoi
demandes-tu si on a apporté les fleurs d'oranger?
Quelle idée as-tu derrière la tête?

LÉONARD

Aucune. Quelle idée veux-tu que j'aie? *(Il
s'approche.)* Toi qui me connais, tu sais que je

n'en ai pas. Dis-le-moi. Qu'ai-je été pour toi? Ouvre et rafraîchis tes souvenirs... Mais deux bœufs et une mauvaise masure, qu'est-ce que ça vaut? Voilà ce qui t'a fait peur.

LA FIANCÉE

Que viens-tu faire ici?

LÉONARD

Je viens à ta noce.

LA FIANCÉE

J'ai bien été à la tienne!

LÉONARD

Combinée par toi, faite de tes deux mains... Moi, on peut me tuer, mais pas me cracher dessus. Et l'argent, tout brillant qu'il est, peut être un crachat.

LA FIANCÉE

Menteur!

LÉONARD

J'aime mieux me taire! Le sang me monte à la tête, et je ne veux pas que toutes ces montagnes entendent mes cris.

LA FIANCÉE

Je crierai plus fort que toi!

LA SERVANTE

Taisez-vous, vous deux! Tu ne dois pas parler du passé.

Elle regarde les portes avec inquiétude.

LA FIANCÉE

Elle a raison. Je ne devrais même pas t'adresser la parole. Mais mon âme s'échauffe quand tu viens me voir, épier mon mariage, et faire allusion à mon bouquet d'oranger... Sors d'ici, et attends ta femme à la porte.

LÉONARD

Alors, toi et moi, nous ne pouvons plus causer?

LA SERVANTE, *avec rage.*

Non. Vous ne pouvez plus causer.

LÉONARD

Après mon mariage, je me suis demandé pendant des jours et des nuits : à qui la faute? Chaque fois que j'y pense, une nouvelle faute m'apparaît qui mange les autres. Mais toujours il y a faute!

LA FIANCÉE

Ils savent bien des choses, un homme et son cheval! Il y a beau jeu à pousser à bout une fille seule dans un désert. Mais j'ai de l'orgueil. C'est pourquoi je me marie. Et je m'enfermerai avec mon mari que je dois aimer par-dessus tout.

LÉONARD

L'orgueil ne te servira à rien.

Il s'approche d'elle.

LA FIANCÉE

N'approche pas!

LÉONARD

Brûler et se taire sont la pire des damnations.
A quoi l'orgueil m'a-t-il servi, à moi? A quoi ça
m'a servi de ne pas te regarder, de te laisser
passer des nuits et des nuits sans sommeil? A
rien qu'à me faire brûler vif. Tu crois que le
temps guérit, que les murs protègent : ça n'est
pas vrai, ça n'est pas vrai. Quand les choses
arrivent à nos centres, personne ne peut les arracher!

LA FIANCÉE

Je ne peux pas t'entendre! Je ne peux pas
entendre ta voix! C'est comme si je buvais de la
liqueur d'anis, et m'endormais sur un matelas
de roses. Ta voix me tire, je sais que je vais me
noyer, mais je la suis.

LA SERVANTE, *prenant Léonard*
par le revers de son veston.

Pars immédiatement.

LÉONARD

C'est la dernière fois que je lui parle! Ne crains
rien.

LA FIANCÉE

Je sais que je suis folle : je sais que je pourris
en dedans à force d'endurer. Et je reste ici, tranquille, à l'écouter, à le regarder remuer les bras...

LÉONARD

Je n'aurais pas eu la paix si je ne t'avais pas
dit ces choses. Je me suis marié : marie-toi à ton
tour.

LA SERVANTE, *à Léonard.*

Et elle se marie!

LES VOIX, *plus proches.*

Lève-toi, la mariée!
Ta noce est arrivée!

LA FIANCÉE

Lève-toi, la mariée!

Elle sort en courant dans la direction de sa chambre.

LA SERVANTE, *à Léonard.*

Voici nos gens. Toi, ne l'approche plus!

LÉONARD

N'aie crainte.

Il sort par la gauche. Le jour commence à poindre.

PREMIÈRE JEUNE FILLE, *entre.*

Lève-toi, la mariée!
Ta noce est arrivée!
La ronde est commencée,
Chaque balcon s'est couronné!

VOIX

Lève-toi, la mariée!

LA SERVANTE, *très surexcitée,
elle mène le mouvement.*

Lève-toi, la mariée!
Prends le rameau verdi

Que l'amour a fleuri.
Lève-toi, la mariée!
Par les rameaux, par la feuillée,
Par le cœur du tronc des lauriers!

DEUXIÈME JEUNE FILLE, *entre.*

Sois-tu bien éveillée,
Les tresses dénouées,
Chemise fine de lin blanc,
Souliers vernis, boucles d'argent,
Couronne de jasmins tressés.

LA SERVANTE

La lune est déjà claire,
Bergère...

PREMIÈRE JEUNE FILLE

Laisse ton chapeau, berger,
Sous les oliviers!

PREMIER GARÇON, *il entre en levant son chapeau.*

Lève-toi, la mariée!
Voici ta noce en beaux habits
Qui vient roulant par le pays,
Portant sur des plats
De grands dahlias
Et des pains bénits!

LES VOIX

Lève-toi, la mariée!

DEUXIÈME JEUNE FILLE

Tu viens, la mariée,
Donner ta tête couronnée

A nouer d'un ruban doré
Par le marié.

LA SERVANTE

L'odeur de citronnelle
A troublé son sommeil!

TROISIÈME JEUNE FILLE, *entre*.

Voici par l'oranger,
Nappe et cuiller du fiancé.

Entrent trois invités.

PREMIER GARÇON

Éveille-toi, colombe!
Déjà l'aube abolit
Les cloches de la nuit.

UN INVITÉ

Fiancée, blanche fiancée,
Aujourd'hui fille et épousée.

PREMIÈRE JEUNE FILLE

Descends, brune fiancée,
Traîne de soie déployée.

UN INVITÉ

Descends, brune fiancée,
Dans le matin frais de rosée.

PREMIER GARÇON

Debout, madame l'épousée.
Il pleut dans la brise levée
Des fleurs d'oranger.

LA SERVANTE

Un arbre je veux broder,
Tout de grenats enrubanné,
Et tout autour
Vive l'amour!

DES VOIX

Lève-toi, la mariée!

PREMIER GARÇON

Le matin de tes noces!

UN INVITÉ

La noce est arrivée!
La belle est apparue,
Fleur des monts devenue
Femme de capitaine.

LE PÈRE, *entre.*

Le fiancé emmène,
Femme de capitaine,
Il charge ses bœufs de mon trésor!

TROISIÈME JEUNE FILLE

La fiancée ressemble
A la fleur de l'or,
Naissent sous ses pas
Les fleurs en amas.

LA SERVANTE

Ah! l'heureuse fille!

DEUXIÈME GARÇON

Debout, la mariée!

LA SERVANTE

Ah! ma belle!

PREMIÈRE JEUNE FILLE

Ta noce t'appelle par la fenêtre.

DEUXIÈME JEUNE FILLE

Lève-toi, la mariée.

PREMIÈRE JEUNE FILLE

La mariée! la mariée!

LA SERVANTE

Cloches, sonnez à la volée!

PREMIER GARÇON

La voici, elle arrive!

LA SERVANTE

Et comme un taureau, la noce se lève!

Paraît la mariée. Elle porte une robe 1900 aux hanches volumineuses et à longue traîne, ornée de mousseline plissée et de dentelles dures. Sur la coiffure à rouleau, elle porte la couronne d'oranger. Les jeunes filles l'embrassent.

TROISIÈME JEUNE FILLE

Quel parfum as-tu mis sur tes cheveux?

LA FIANCÉE, *riant.*

Aucun.

DEUXIÈME JEUNE FILLE, *regardant la robe.*

Sa robe est d'une étoffe comme on n'en voit pas.

PREMIER GARÇON

Le marié! Le voici!

LE FIANCÉ

Salut!

PREMIÈRE JEUNE FILLE, *plaçant une fleur à l'oreille du fiancé.*

Fiancé, fleur de l'or.

DEUXIÈME JEUNE FILLE

Quel air de calme
Dans ses yeux!

LA FIANCÉE

Pourquoi as-tu mis ces chaussures?

LE FIANCÉ

Elles font plus gaies que les noires.

LA FEMME DE LÉONARD, *elle entre et embrasse la mariée.*

Salut!

Tout le monde parle à la fois.

LÉONARD, *entrant comme quelqu'un*
qui accomplit un devoir.

En ce matin de tes noces,
Nous venons te couronner.

LA FEMME

Que la campagne se réjouisse de l'eau de ta chevelure.

LA MÈRE, *au père.*

Ceux-là aussi sont venus?

LE PÈRE

Ils sont de la famille. C'est le jour du pardon.

LA MÈRE

Je me maîtriserai, mais je ne pardonne pas.

LE FIANCÉ

Quelle joie de te voir avec ta couronne!

LA FIANCÉE

Allons-nous-en vite à l'église!

LE FIANCÉ

Tu es pressée?

LA FIANCÉE

Oui. J'ai hâte d'être ta femme, de rester seule avec toi, de ne plus entendre d'autre voix que la tienne.

LE FIANCÉ

C'est ce que je veux!

LA FIANCÉE

Et ne voir que tes yeux. Puisses-tu me serrer
si fort que même si ma mère morte m'appelait
il me soit impossible de m'arracher à toi!

LE FIANCÉ

Mes bras sont forts. Je vais t'étreindre pendant
quarante ans.

LA FIANCÉE, *tragique, le prenant par le bras*

Toute la vie!

LE PÈRE

Allons vite! Montons à cheval et en charrettes!
Le soleil est levé.

LA MÈRE

Attention! Que cette heure ne nous soit pas
néfaste!

> *Le grand portail du fond s'ouvre. Ils
> commencent à sortir.*

LA SERVANTE, *pleurant.*

N'oublie pas, jeune fille!
Tu sors de la maison
Comme une étoile!

PREMIÈRE JEUNE FILLE

Corps pur, linge propre,
Tu sors de chez toi
Pour aller à tes noces...

Ils sortent.

DEUXIÈME JEUNE FILLE

Tu quittes ta maison
Pour l'église.

LA SERVANTE

Il pleut des fleurs
Sur le sable!

TROISIÈME JEUNE FILLE

Ah! blanche fille!

LA SERVANTE

Brise obscure,
La dentelle de ta mantille!

Ils sortent. On entend des guitares, des cas-
tagnettes et des tambourins. Léonard et sa
femme restent seuls.

LA FEMME

Allons.

LÉONARD

Où?

LA FEMME

A l'église. Mais tu n'iras pas à cheval. Viens
avec moi.

LÉONARD

En carriole?

LA FEMME

Sinon, comment?

LÉONARD

Je ne suis pas homme à monter en carriole.

LA FEMME

Et moi, je ne suis pas femme à aller à une
noce sans mon mari. Je n'en peux plus.

LÉONARD

Moi non plus.

LA FEMME

Comme tu me regardes! Tu as une épine dans
chaque œil.

LÉONARD

Allons!

LA FEMME

Je ne sais pas ce qui arrive. Mais je réfléchis,
et je ne veux pas réfléchir. Je ne sais qu'une
chose : tu ne veux plus de moi. Mais j'ai un
enfant et j'en attends un autre. Allons-nous-en.
Ma mère eut le même destin. Mais je ne bouge-
rai pas d'ici sans toi.

VOIX, *au-dehors.*

Tu quittes ta maison
Pour aller à l'église.
Tu sors de chez ton père
Comme une étoile!

LA FEMME, *pleurant.*

Tu sors de chez ton père
Comme une étoile!

C'est ainsi que moi aussi je suis partie de ma
maison. Toute la campagne me tenait dans la
bouche.

LÉONARD, *se levant.*

Allons!

LA FEMME

Oui. Mais avec moi.

LÉONARD

Oui. *(Silence.)* Allons, avance!

Ils sortent.

VOIX

Tu quittes ta maison
Pour l'église.
Tu sors de chez ton père
Comme une étoile!

RIDEAU LENT

DEUXIÈME TABLEAU

*L'extérieur de la grotte de la fiancée. Peinte en
tons blanc gris et bleu froid. Grands figuiers de
Barbarie. Horizon de plateaux blonds. Le tout
durci comme les paysages des céramiques popu-
laires.*

LA SERVANTE, *rangeant sur une table des verres
et des plateaux.*

L'eau passe,
L'eau passe,

Et vire le moulin!
La noce arrive enfin!
Que s'entrouvrent les branches,
Qu'une lune d'or fin
Brille aux barrières blanches.

A voix haute :

Mets les nappes!

D'une voix poétique :

L'eau passe,
L'eau passe.
Chantaient les mariés,
La noce est arrivée.
Que brille un givre fin,
Et vienne du miel, plein
Les amères amandes.

A voix haute :

Prépare le vin!

D'une voix poétique :

Fillette,
La belle du pays,
Se mire à la fontaine
Et voilà son promis.
Trousse ta robe à traîne,
Que le mari t'emmène
Au nid sous l'aile, au nid,
Pour n'en plus ressortir.

L'homme est un tourtereau
A poitrine de braise.
Si du sang coule chaud
Les champs vont crier d'aise

L'eau passe,
L'eau passe,
Et vire le moulin!
De ton ombre de fille
Délivre l'eau qui brille!

LA MÈRE, *entrant.*

Enfin!

LE PÈRE

Nous sommes les premiers?

LA SERVANTE

Non, Léonard et sa femme sont déjà là. Ils ont
été comme le tonnerre aussi vite qu'à cheval. La
femme est arrivée morte de peur.

LE PÈRE

Ce gars cherche un malheur : il a le sang mauvais.

LA MÈRE

Le sang de sa famille. Cela a commencé avec
son bisaïeul, le premier de la lignée qui ait tué
un homme, et ça se perpétue dans sa maudite
engeance... Manieurs de couteaux, gens au rire
sournois...

LE PÈRE

Nous n'allons pas parler de ça...

LA SERVANTE

Comment pourrait-elle n'en plus parler?

LA MÈRE

J'ai mal jusqu'au bout de mes veines. Je ne vois en eux tous que leurs mains, pareilles à celles qui ont tué mes deux hommes. Tu me crois folle? Eh bien! si je le suis c'est de n'avoir pas crié autant que j'en avais besoin. J'ai dans la poitrine, toujours prêt à sortir, un cri que je maîtrise et cache sous ma mante. Car une fois qu'on a emmené les morts, les vivants doivent se taire. Il n'y a que ceux qui n'ont rien à voir dans l'histoire qui aient le droit de clabauder.

Elle retire sa mante.

LE PÈRE

Ce n'est pas le jour de penser à tout ça.

LA MÈRE

Quand les souvenirs me montent à la tête, il faut que je parle. Aujourd'hui plus que jamais. Car, désormais, je serai seule à la maison.

LE PÈRE

En attendant la compagnie.

LA MÈRE

C'est bien ce que j'espère : les petits-enfants.

Ils s'assoient.

LE PÈRE

Je veux qu'ils en aient beaucoup. Cette terre a besoin de bras qui ne soient pas loués. Il faut faire la guerre aux mauvaises herbes, aux char-

dons, aux cailloux qui sortent d'on ne sait où.
Ce sont les maîtres de la terre qui doivent la
châtier, la vaincre, faire pousser les semences!
Il nous faut des garçons.

LA MÈRE

Quelques filles aussi! Les garçons, le vent les
mène, ils sont forcés de manier les armes. Les
filles, elles, ne quittent pas la maison.

LE PÈRE, *joyeux*.

Je crois qu'ils auront de tout!

LA MÈRE

Mon fils désire ta fille, il la couvrira bien. Il
est de bonne souche. Son père aurait pu me
donner beaucoup d'enfants.

LE PÈRE

Je voudrais que ça puisse se faire en un jour.
Qu'ils aient deux ou trois enfants tout de suite.

LA MÈRE

Hé non! Ça prend du temps. C'est pourquoi
il est si terrible de voir notre sang répandu. Qu'il
coule une minute, et c'en est fait de ce qui nous
a coûté des années. Quand je suis arrivée auprès
de mon fils, il était écroulé au milieu de la rue.
J'ai trempé mes mains dans son sang et je les ai
léchées à pleine langue! C'est mon sang à moi.
Tu ne peux pas savoir ce que c'est: la terre qui a
bu ce sang-là, je la mettrais dans un ostensoir
en topazes et en cristal.

LE PÈRE

Allons! Tu peux reprendre espoir, maintenant.
Ma fille est large, et ton fils est fort.

LA MÈRE

Aussi j'espère.

Ils se lèvent.

LE PÈRE

Prépare les plateaux de blé.

LA SERVANTE

Ils sont prêts.

LA FEMME DE LÉONARD, *entrant.*

Qu'ils soient heureux!

LE PÈRE

Merci!

LÉONARD

On va festoyer?

LE PÈRE

Un peu. Mais les gens ne peuvent pas s'attarder.

LA SERVANTE

Les voici!

*Des invités arrivent en groupes joyeux. Entrent
les mariés au bras l'un de l'autre. Léonard sort.*

LE FIANCÉ

Jamais on n'a vu autant de monde à une noce.

LA FIANCÉE, *sombre.*

Jamais.

LE PÈRE

C'était beau.

LA MÈRE

Toute la parenté est venue.

LE FIANCÉ

Des gens qui ne sortent jamais de chez eux.

LA MÈRE

Ton père a beaucoup semé   toi, tu récoltes.

LE FIANCÉ

Il y a des cousins que je ne connaissais pas.

LE PÈRE

Ceux de la côte.

LE FIANCÉ, *joyeux.*

Ils prenaient peur des chevaux...

Ils parlent entre eux.

LA MÈRE, *à la fiancée.*

A quoi penses-tu?

LA FIANCÉE

Je ne pense à rien.

LA MÈRE

Les bénédictions pèsent lourd.

On entend les guitares.

LA FIANCÉE

Comme du plomb.

LA MÈRE, *fort.*

Elles ne doivent pas te peser. Tu dois être légère comme une colombe.

LA FIANCÉE

Vous passez la nuit ici?

LA MÈRE

Non. Je ne veux pas laisser ma maison seule.

LA FIANCÉE

Vous devriez rester!

LE PÈRE, *à la mère.*

Regardez-les danser : ce sont les danses de là-bas, du bord de la mer.

> *Entre Léonard. Il s'assied. Sa femme est derrière lui, toute droite, rigide.*

LA MÈRE

Ce sont les cousins de mon mari, fermes comme roc quand il s'agit de danser.

LE PÈRE

Ils sont réjouissants à voir! Je ne reconnais plus ma maison...

> *Il sort.*

LE FIANCÉ, *à la fiancée*

La fleur d'oranger t'a fait plaisir?

LA FIANCÉE, *le regardant fixement.*

Oui.

LE FIANCÉ

Elle est tout en cire. Elle durera toute la vie.
J'aurais aimé que ta robe en soit couverte.

LA FIANCÉE

Inutile.

Léonard sort par la droite.

PREMIÈRE JEUNE FILLE

Nous allons retirer les épingles de ta couronne.

LA FIANCÉE, *au fiancé.*

Je reviens tout de suite.

Elles sortent enlacées.

LA FEMME DE LÉONARD, *au fiancé.*

J'espère que tu seras heureux avec ma cousine.

LE FIANCÉ

J'en suis sûr.

LA FEMME DE LÉONARD

Vous allez vivre ici, tous deux, sans jamais
sortir, et vous ferez une maison prospère. Comme
j'aimerais, moi, vivre ainsi, loin de tout!

LE FIANCÉ

Pourquoi n'achetez-vous pas des terres? Ce
n'est pas cher, dans la montagne, et les enfants
s'y élèvent mieux qu'ailleurs.

LA FEMME DE LÉONARD

Nous n'avons pas d'argent. Et nous ne sommes
pas près d'en avoir!

LE FIANCÉ

Ton mari est bon travailleur.

LA FEMME DE LÉONARD

Oui, mais il est un peu en l'air. Il aime à aller d'une chose à l'autre. Ce n'est pas un homme tranquille.

LA SERVANTE

Tu ne manges pas? Je vais te donner quelques biscuits au vin pour ta mère. Elle les aime bien.

LE FIANCÉ

Donne-lui-en trois douzaines.

LA FEMME DE LÉONARD

Non, non. Une demi-douzaine suffira bien.

LE FIANCÉ

Ce n'est pas tous les jours fête.

LA FEMME DE LÉONARD, *à la servante.*

Et Léonard?

LA SERVANTE

Je ne l'ai pas vu.

LE FIANCÉ

Il doit être avec les autres.

LA FEMME DE LÉONARD

Je vais voir!

Elle sort.

LA SERVANTE

C'est beau, tout ça.

LE FIANCÉ

Et toi, tu ne danses pas?

LA SERVANTE

Personne ne m'invite.

> *Deux jeunes filles passent au fond; pendant tout l'acte, c'est un chassé-croisé de personnages.*

LE FIANCÉ, *gaiement.*

Ils n'y connaissent rien. Les vieilles aussi vertes que toi dansent mieux que les jeunes filles.

LA SERVANTE

Vas-tu m'en conter, petit? Quelle famille! Mâles entre les mâles! Quand j'étais jeune, j'ai vu se marier ton grand-père : quel homme! On aurait dit la noce d'une montagne.

LE FIANCÉ

Je suis moins grand que lui.

LA SERVANTE

Mais tu as les mêmes yeux brillants. Et la petite?

LE FIANCÉ

Elle retire sa couronne.

LA SERVANTE

Ah! Écoute! pour la nuit, comme vous ne dor-

mirez pas, j'ai préparé du jambon, et de grands
verres de vin vieux. Dans le bas du buffet. Au
cas où vous en auriez besoin.

LE FIANCÉ, *souriant.*

Je ne mange pas la nuit.

LA SERVANTE, *avec malice.*

La mariée mangera bien!

Elle sort.

PREMIER GARÇON

Il faut que tu viennes boire avec nous!

LE FIANCÉ

J'attends la mariée.

DEUXIÈME GARÇON

Tu l'auras au petit matin!

PREMIER GARÇON

C'est le meilleur moment.

DEUXIÈME GARÇON

Allons, viens!

LE FIANCÉ

Allons.

*Ils sortent. On entend le brouhaha de la fête.
Entre la fiancée. Du côté opposé entrent deux
jeunes filles qui courent à sa rencontre.*

PREMIÈRE JEUNE FILLE

A qui as-tu donné la première épingle? A moi?
Ou à elle...

LA FIANCÉE

Je ne m'en souviens pas.

PREMIÈRE JEUNE FILLE

Tu me l'as donnée à moi! ici même!

DEUXIÈME JEUNE FILLE

A moi, devant l'autel.

LA FIANCÉE, *inquiète,*
aux prises avec un grand combat intérieur.

Je n'en sais rien.

PREMIÈRE JEUNE FILLE

C'est que je voudrais que tu...

LA FIANCÉE, *l'interrompant.*

Peu m'importe. J'ai d'autres soucis.

PREMIÈRE JEUNE FILLE

Pardon.

> *Léonard traverse le fond de la scène.*

LA FIANCÉE, *elle aperçoit Léonard.*

Et ces moments sont bien agités.

PREMIÈRE JEUNE FILLE

Nous n'en savons rien, nous!...

LA FIANCÉE

Vous le saurez quand votre heure sera venue.
Ces décisions coûtent beaucoup.

PREMIÈRE JEUNE FILLE

Tu es fâchée?

LA FIANCÉE

Non. Pardonnez-moi.

PREMIÈRE JEUNE FILLE

Te pardonner? N'importe laquelle des deux
épingles peut nous faire marier dans l'année, pas
vrai?

LA FIANCÉE

Toutes les deux.

PREMIÈRE JEUNE FILLE

Mais l'une de nous se mariera avant l'autre.

LA FIANCÉE

Vous en avez tant envie?

DEUXIÈME JEUNE FILLE, *confuse.*

Oui.

LA FIANCÉE

Pourquoi?

PREMIÈRE JEUNE FILLE, *embrassant la deuxième.*

Mais...

*Elles se sauvent toutes les deux en courant.
Le fiancé arrive très doucement par-derrière,
et il prend la mariée dans ses bras.*

LA FIANCÉE, *sursautant.*

Laisse!

LE FIANCÉ

Tu as peur de moi?

LA FIANCÉE

Ah! c'était toi?

LE FIANCÉ

Qui donc, alors? *(Silence.)* Ton père **ou moi.**

LA FIANCÉE

C'est vrai.

LE FIANCÉ

Mais ton père ne t'aurait pas serrée si fort.

LA FIANCÉE, *sombre.*

Naturellement.

LE FIANCÉ

Il est vieux, lui.

*Il l'étreint fortement, avec une certaine brus-
querie.*

LA FIANCÉE, *sèche.*

Lâche-moi!

LE FIANCÉ

Pourquoi?

Il la lâche.

LA FIANCÉE

Mais... les gens... On pourrait nous voir...

La servante passe dans le fond sans regarder les mariés.

LE FIANCÉ

Et puis, quoi? Nous avons reçu la bénédic-
tion.

LA FIANCÉE

Oui. Mais, laisse-moi... Plus tard...

LE FIANCÉ

Qu'as-tu? Tu as l'air effrayée.

LA FIANCÉE

Je n'ai rien. Ne t'en va pas.

Entre la femme de Léonard.

LA FEMME DE LÉONARD

Je ne voudrais pas vous interrompre...

LE FIANCÉ

Mais non...

LA FEMME DE LÉONARD

Mon mari est-il passé par ici?

LE FIANCÉ

Non.

LA FEMME DE LÉONARD

C'est que je ne le retrouve pas, et son cheval
n'est pas à l'écurie.

LE FIANCÉ, *gaiement.*

Il fait sans doute un petit temps de galop.

La femme sort, inquiète. Entre la servante.

LA SERVANTE

Vous êtes contents, j'espère? Que de compliments!

LE FIANCÉ

J'aimerais en voir la fin. La mariée est un peu fatiguée.

LA SERVANTE

Qu'est-ce que j'entends?

LA FIANCÉE

J'ai les tempes serrées.

LA SERVANTE

Une mariée de ces montagnes doit être forte. *(Au marié :)* Toi seul as le pouvoir de la guérir. Elle t'appartient.

Elle sort en courant.

LE FIANCÉ

Allons au bal.

Il l'embrasse.

LA FIANCÉE, *angoissée.*

Je voudrais me jeter un instant sur mon lit.

LE FIANCÉ

Je vais te tenir compagnie.

LA FIANCÉE

Jamais! Et tous les gens qui sont ici? Qu'est-ce qu'ils diraient? Laisse-moi me reposer un peu.

LE FIANCÉ

Tant que tu voudras! J'espère que tu iras mieux
cette nuit!

LA FIANCÉE, *sur le seuil.*

Cette nuit, j'irai mieux.

LE FIANCÉ

C'est ce que je veux!

Apparaît la mère.

LA MÈRE

Fils!

LE FIANCÉ

Où étiez-vous?

LA MÈRE

Au beau milieu de la fête. Es-tu content?

LE FIANCÉ

Oui.

LA MÈRE

Et ta femme?

LE FIANCÉ

Elle se repose un peu. Mauvais jour pour la
mariée.

LA MÈRE

Mauvais jour? Le seul beau jour! Pour moi, ce
fut comme un héritage. *(Entre la servante, elle
se dirige vers la chambre de la mariée.)* C'est le
labour des terres, la plantation de nouveaux
arbres.

LE FIANCÉ

Vous partez ce soir?

LA MÈRE

Oui. Je dois rentrer chez moi.

LE FIANCÉ

Toute seule...

LA MÈRE

Seule, non, car j'ai la tête pleine de choses, d'hommes, de combats.

LE FIANCÉ

Des combats qui n'en sont plus.

La servante entre rapidement et disparaît par le fond en courant.

LA MÈRE

On combat tant qu'on existe.

LE FIANCÉ

Moi, je vous obéis toujours.

LA MÈRE

Tâche d'être affectueux pour ta femme. Mais si un jour tu la vois méprisante ou colère, fais-lui une caresse qui la bouscule un peu : une étreinte rude, une morsure, et, après, un baiser très tendre. Qu'elle ne puisse pas t'en vouloir, mais qu'elle sente en toi le mâle, le maître, celui qui commande. C'est ainsi que ton père m'a menée. Et comme il n'est plus là, c'est moi qui dois t'inculquer sa force.

LE FIANCÉ

Je ferai toujours ce que vous me commandez.

LE PÈRE, *entrant.*

Où est ma fille?

LE FIANCÉ

Dans sa chambre.

Le père sort.

PREMIÈRE JEUNE FILLE

Nous allons faire une ronde, venez, les mariés!

PREMIER GARÇON, *au marié.*

Tu vas diriger le mouvement.

LE PÈRE, *entrant.*

Elle n'est pas là!

LE FIANCÉ

Non?

LE PÈRE

Elle doit être sur le balcon.

LE FIANCÉ

Je vais voir.

Il sort. On entend le brouhaha et les guitares.

PREMIÈRE JEUNE FILLE

C'est commencé!

LE FIANCÉ, *entrant.*

Elle n'y est pas!

LA MÈRE, *inquiète.*

Non?

LE PÈRE

Où a-t-elle pu aller?

LA SERVANTE, *entrant.*

La petite... où est-elle?

LA MÈRE, *grave.*

Nous n'en savons rien.

> *Le fiancé sort. Entrent trois invités.*

LE PÈRE, *tragique.*

N'est-elle pas au bal?

LA SERVANTE

Elle n'est pas au bal!

LE PÈRE, *avec éclat.*

Il y a beaucoup de monde : regardez!

LA SERVANTE

J'ai déjà regardé!

LE PÈRE, *tragique.*

Alors, où est-elle?

LE FIANCÉ, *entrant.*

Personne. Nulle part.

LA MÈRE, *au père.*

Qu'est-ce que cela veut dire? Où est ta fille?

> *Entre la femme de Léonard.*

LA FEMME DE LÉONARD

Ils se sont enfuis! Elle, et Léonard! A cheval!
Serrés l'un contre l'autre! Soufflant la même
haleine!

LE PÈRE

Ce n'est pas vrai! Pas ma fille! Non!

LA MÈRE

Ta fille, oui! Fruit de mauvaise mère! Et lui
aussi, lui! Mais elle est déjà la femme de mon
fils!

LE FIANCÉ, *entrant.*

Poursuivons-les! Qui a un cheval?

LA MÈRE

Qui a un cheval, tout de suite! Qui a un cheval?
Je donnerai tout ce que j'ai, mes yeux, ma langue,
pour un cheval!

UNE VOIX

Il y a un cheval!

LA MÈRE, *au fiancé.*

Va! Suis-les! *(Il sort avec deux garçons.)* Non!
N'y va pas! Ces gens tuent vite et bien... Mais si!
cours! J'irai derrière.

LE PÈRE

Ça ne peut pas être elle! Et si elle s'était jetée
dans la citerne?

LA MÈRE

Les honnêtes filles se jettent à l'eau. Les filles propres, pas celle-là. Mais elle est déjà la femme de mon fils! Deux partis. Il y a désormais ici deux partis! *(Ils entrent tous.)* Ma famille et la tienne! Sortez tous! Secouons la poussière de nos semelles! Allons aider mon fils! *(Les gens se partagent en deux groupes.)* Il a du monde pour lui, ses cousins de la mer, et ceux de l'intérieur. Hors d'ici! Sur tous les chemins! l'heure du sang est revenue. Deux partis : toi, avec les tiens, et moi, avec les miens! Arrière! Arrière!

RIDEAU

ACTE TROISIÈME

PREMIER TABLEAU

*Un bois. Il fait nuit. De grands troncs humides.
Atmosphère d'angoisse. On entend deux violons.
Entrent les bûcherons.*

PREMIER BUCHERON

Les ont-ils trouvés?

DEUXIÈME BUCHERON

Non. Mais ils les cherchent partout.

TROISIÈME BUCHERON

Ils vont les dépister...

DEUXIÈME BUCHERON

Chut!

TROISIÈME BUCHERON

Quoi?

DEUXIÈME BUCHERON

On dirait qu'ils approchent par tous les chemins à la fois...

PREMIER BUCHERON

Quand la lune se lèvera, ils les verront.

DEUXIÈME BUCHERON

Ils devraient les laisser tranquilles.

PREMIER BUCHERON

Le monde est grand. Tous peuvent y vivre.

TROISIÈME BUCHERON

Mais ils les tueront.

DEUXIÈME BUCHERON

Puisqu'ils s'aiment; ils ont bien fait de partir.

PREMIER BUCHERON

Ils se sont dominés; mais le sang l'a emporté.

TROISIÈME BUCHERON

Le sang!

PREMIER BUCHERON

Il faut suivre la route du sang.

DEUXIÈME BUCHERON

Mais la terre boit le sang qui voit la lumière.

PREMIER BUCHERON

Eh quoi? Mieux vaut être mort, saigné à blanc, que vivre avec le sang pourri.

TROISIÈME BUCHERON

Silence!

PREMIER BUCHERON

Quoi? Tu entends quelque chose?

TROISIÈME BUCHERON

J'entends les grillons, les grenouilles, la nuit
qui guette...

PREMIER BUCHERON

Mais on n'entend pas le cheval.

TROISIÈME BUCHERON

Non.

PREMIER BUCHERON

A l'heure qu'il est, il doit la posséder.

DEUXIÈME BUCHERON

Son corps à elle était pour lui; son corps à lui,
pour elle.

TROISIÈME BUCHERON

Ils les cherchent, et ils les tueront.

PREMIER BUCHERON

Mais lui et elle auront déjà mêlé leur sang :
ils seront comme deux vases vides, comme deux
ruisseaux à sec.

DEUXIÈME BUCHERON

Les nuages sont bas, il se pourrait qu'il n'y ait
pas de clair de lune.

TROISIÈME BUCHERON

Avec ou sans clair de lune le fiancé les trouvera.

Je l'ai vu sortir. On eût dit une étoile furieuse.
La face couleur de cendre, marquée du destin de
sa caste.

PREMIER BUCHERON

Caste de gens morts dans la rue.

DEUXIÈME BUCHERON

C'est ça!

TROISIÈME BUCHERON

Crois-tu qu'ils arrivent à rompre le cercle?

DEUXIÈME BUCHERON

Difficile : il y a des fusils et des couteaux à
dix lieues à la ronde.

TROISIÈME BUCHERON

Il a un bon cheval.

DEUXIÈME BUCHERON

Oui. Mais il porte une femme.

PREMIER BUCHERON

Nous y voilà.

DEUXIÈME BUCHERON

Un arbre à quarante branches. Nous aurons tôt
fait de l'abattre.

TROISIÈME BUCHERON

La lune se lève : dépêchons-nous.

A gauche jaillit de la clarté.

PREMIER BUCHERON

Ah! lune qui t'en viens
Par les grandes feuillées!

DEUXIÈME BUCHERON

Lune au sang de jasmin.

PREMIER BUCHERON

Hélas! lune esseulée
Sur les vertes feuillées!

DEUXIÈME BUCHERON

Argent au front des mariées...

TROISIÈME BUCHERON

Lune à l'œil méchant,
Laisse l'ombre aux sous-bois, pour les amants;

PREMIER BUCHERON

Lune désolée!
Laisse l'ombre aux amants sous la ramée!

*Ils sortent. Dans la lumière de gauche appa-
raît la lune. La lune est un jeune bûcheron au
visage blanc. La scène prend un vif éclat bleu.*

LA LUNE

Je suis le cygne rond sur l'eau,
La rosace des cathédrales,
Sur les feuilles et les rameaux,
Le mensonge d'une aube pâle.
Comment pourraient-ils s'échapper?
Qui se cache? Qui va pleurer

Dans les ronces de la vallée?
La lune abandonne un couteau
Dans l'air de la nuit qu'elle baigne,
Et le couteau guette d'en haut
Pour devenir douleur qui saigne.
Ouvrez-moi! J'ai froid quand je traîne
Sur les murs et sur les cristaux.
Ouvrez des poitrines humaines
Où je plonge pour avoir chaud.
J'ai froid, et mes cendres faites
Des plus somnolents métaux
Cherchent par monts et par vaux
Un feu qui les brûle à sa crête.
La neige me porte pourtant
Sur son épaule jaspée
Et souvent me tient noyée
Dure et froide, l'eau des étangs.

Mais j'aurai cette nuit
Les joues rouges de sang,
Moi, et les joncs unis
Que balance le vent.
Pas d'abri ni d'ombre qui tienne
Pour qu'ils puissent m'échapper :
Je veux une poitrine humaine
Où pouvoir me réchauffer.
J'aurai un cœur pour moi,
Tout chaud, qui jaillira
Sur les monts de ma poitrine...
Laissez-moi entrer, laissez-moi...

Aux branches :

Je ne permets plus les ombres,
Mes rayons auront jeté

Jusqu'au-dedans des troncs sombres
Une rumeur de clartés.
Que cette nuit je passe
Le doux sang sur ma face
Et les joncs réunis
Que balance la nuit...
Qui se cache? Allez-vous-en...
Non. Pas d'abri. Leur mort est prête.
Je fais briller sur leurs bêtes
Une fièvre de diamants.

*La lune disparaît entre les troncs d'arbres
et la scène s'assombrit de nouveau. Entre une
vieille femme couverte de haillons vert sombre.
Elle est pieds nus. C'est à peine si on aperçoit
son visage dans les plis des étoffes.*

LA MENDIANTE

La lune se cache et ils approchent.
Ils n'iront pas plus loin. Le bruit du fleuve,
Le murmure des branches étoufferont leurs cris.
C'est ici qu'ils mourront
Ici même, et bientôt. Je suis fatiguée!
Qu'on ouvre les coffres. Le lin attend
Par terre, dans l'alcôve,
Des corps lourds au cou ensanglanté.
Que pas un oiseau ne s'éveille, que la brise
Ramasse les plaintes dans sa robe,
Qu'elle les emporte, dans les branches noires,
Ou les enterre dans la terre molle.
Cette lune! cette lune!

Impatiente.

Cette lune! cette lune!

La lune apparaît. La lumière d'un bleu intense revient.

LA LUNE

Ils approchent,
Les uns par l'oseraie, les autres par le fleuve.
Je veux faire briller les cailloux.
Que veux-tu?

LA MENDIANTE

Rien.

LA LUNE

L'air devient dur, à double tranchant.

LA MENDIANTE

Éclaire le gilet. Écarte les boutons,
Et les couteaux trouveront leurs chemins.

LA LUNE

Mais qu'ils soient bien lents à mourir. Que le sang
Siffle délicatement entre mes doigts.
Regarde! la cendre de mes vallées s'éveille
Et frémit du désir de ce ruissellement!

LA MENDIANTE

Ils n'iront plus au-delà du ruisseau! Silence!

LA LUNE

Les voici!

La lune s'en va, laissant la scène dans l'obscurite.

LA MENDIANTE

Vite! beaucoup de lumière!
M'entends-tu?
Ils n'échapperont pas!

> *Entrent le fiancé et le premier garçon. La mendiante s'assied et se couvre de sa mante.*

LE FIANCÉ

Par ici!

PREMIER GARÇON

Tu ne les trouveras pas.

LE FIANCÉ, *énergique.*

Oui, je les trouverai!

PREMIER GARÇON

Je crois qu'ils ont pris un autre sentier.

LE FIANCÉ

Non. Je viens d'entendre le galop.

PREMIER GARÇON

Ça doit être un autre cheval.

LE FIANCÉ

Écoute-moi. Il n'y a qu'un cheval au monde : celui-là. Tu m'as compris? Si tu veux me suivre, suis-moi sans parler.

PREMIER GARÇON

C'est que je voudrais...

LE FIANCÉ

Tais-toi. Je suis sûr de les trouver ici. Tu vois ce bras? Ce n'est pas mon bras. C'est celui de mon frère, de mon père, celui de tous les morts de ma famille. Il est si fort qu'il peut arracher cet arbre avec ses racines, s'il le veut. Allons-nous-en vite, car les dents de tous ceux de ma race s'enfoncent en moi, et me coupent le souffle.

LA MENDIANTE, *gémissante.*

Aïe!

PREMIER GARÇON

Tu entends?

LE FIANCÉ

Va par là et fais le tour.

PREMIER GARÇON

Une vraie chasse.

LE FIANCÉ

Une chasse! La plus belle!

Le garçon sort. Le fiancé se dirige vivement vers la gauche et bute contre la mendiante : la Mort.

LA MENDIANTE

Aïe!

LE FIANCÉ

Que veux-tu?

LA MENDIANTE

J'ai froid.

LE FIANCÉ

Où vas-tu?

LA MENDIANTE, *qui gémit toujours
comme une mendiante.*

Là-bas... Loin...

LE FIANCÉ

D'où viens-tu?

LA MENDIANTE

De là-bas... De très loin...

LE FIANCÉ

As-tu vu un homme et une femme qui galopaient, à cheval?

LA MENDIANTE, *s'animant.*

Attends... *(Elle le regarde.)* Le beau gars!
(Elle se lève.) Tu serais encore plus beau, endormi...

LE FIANCÉ

Dis, réponds : tu les as vus?

LA MENDIANTE

Attends... Les larges épaules! N'aimerais-tu
pas mieux être couché sur le dos plutôt que
debout sur l'étroite plante de tes pieds?

LE FIANCÉ, *la secouant.*

Je te demande si tu les as vus! Sont-ils passés
par ici?

LA MENDIANTE, *énergique.*

Non. Mais ils descendent la colline. Ne les entends-tu pas?

LE FIANCÉ

Non.

LA MENDIANTE

Tu ne connais pas le chemin?

LE FIANCÉ

J'irai n'importe comment!

LA MENDIANTE

Suis-moi, je connais ce pays.

LE FIANCÉ, *impatient.*

Partons! Par où?

LA MENDIANTE, *tragique.*

Par ici!

> *Ils sortent rapidement. On entend au loin deux violons.*
> *Reviennent les bûcherons. La hache à l'épaule, ils passent lentement entre les troncs.*

PREMIER BUCHERON

Ah! mort, toi qui t'en viens
Par les grandes feuillées!

DEUXIÈME BUCHERON

Que le sang ne coule pas à veine débondée!

PREMIER BUCHERON

Hélas! mort esseulée!
Mort aux feuilles séchées.

TROISIÈME BUCHERON

Que de tes fleurs la noce ne soit jonchée.

DEUXIÈME BUCHERON

Hélas! mort désolée!
Laisse aux amants une verte ramée.

PREMIER BUCHERON

Mort à l'œil méchant,
Laisse un rameau vert, pour les amants!

*Ils sortent en parlant. Apparaissent Léonard
et la fiancée.*

LÉONARD

Tais-toi!

LA FIANCÉE

Maintenant, j'irai seule.
Va-t'en! Je veux que tu t'en retournes!

LÉONARD

Mais tais-toi donc!

LA FIANCÉE

Avec les dents, avec les mains,
Comme tu le pourras, arrache
Cette chaîne de mon cou d'honnête fille,
Et laisse-moi tapie dans ma maison de terre.
Si tu ne veux pas me tuer comme un petit aspic,

Donne-moi ton fusil.
Aïe... Quel feu brûle ma tête!
Quels éclats de verre se piquent dans ma langue!

LÉONARD

Le sort en est jeté. Tais-toi!
On nous serre de près.
Je t'emporte!

LA FIANCÉE

De force, alors.

LÉONARD

De force? Qui a descendu l'escalier la première?

LA FIANCÉE

Je l'ai descendu.

LÉONARD

Qui a mis
Des brides neuves au cheval?

LA FIANCÉE

Moi. C'est vrai.

LÉONARD

Quelles mains
M'ont chaussé d'éperons?

LA FIANCÉE

Ces mains qui t'appartiennent
Mais qui voudraient briser
Les branches bleues de tes veines,
Et leur murmure.
Je t'aime! Je t'aime! Écarte-toi!

Si je pouvais te tuer,
Je te mettrais dans un linceul
Bordé de violettes.
Quel feu monte à ma tête!
Quel feu!

LÉONARD

Quels éclats de verre
Se piquent dans ma langue!
Pour t'oublier j'avais mis un mur de pierre
Entre ta maison et la mienne.
C'est vrai. Tu t'en souviens?
Quand je t'ai aperçue, je me suis jeté
Du sable dans les yeux.
Mais je montais à cheval
Et le cheval m'emportait vers toi.
Mon sang était noir d'épingles d'argent
Et le sommeil infusait dans ma chair
De mauvaises herbes. Ce n'est pas ma faute,
La terre a fait le mal, et ce parfum
Qui monte de tes seins, de tes nattes.

LA FIANCÉE

Aïe! Nous sommes fous! je ne veux
Ni de ton lit ni de ton pain,
Mais il n'est d'instant
Que je ne voudrais passer avec toi.
Tu me dis : « Va-t'en », et je te suis
Dans l'air comme un brin d'herbe.
La couronne d'oranger sur la tête,
J'ai laissé un homme dur et tous ses descendants
Au beau milieu des noces.
Je ne veux pas que ce soit

Toi qu'on châtie.
Laisse-moi! Sauve-toi!
Tu n'as personne pour te défendre!

LÉONARD

Les oiseaux du matin
Se cognent aux arbres.
La nuit se meurt
Au tranchant de la pierre.
Allons vers le coin d'ombre
Où je t'aimerai toujours.
Que m'importent
Les gens et leur poison?

Il l'étreint fortement.

LA FIANCÉE

A tes pieds, pour veiller tes rêves,
Je dormirai nue et regardant les arbres

Tragique.

Comme une chienne que je suis!
Car je te regarde et ta beauté me brûle.

LÉONARD

La lumière étreint la lumière.
La même petite flamme
Tue deux épis joints. Viens!

Il l'entraîne.

LA FIANCÉE

Où m'emmènes-tu?

LÉONARD

Là où ceux qui nous cernent

Ne pourront pas aller.
Dans un endroit où je puisse te regarder!

LA FIANCÉE, sarcastique.

Emmène-moi de foire en foire,
Opprobre des honnêtes femmes,
Avec, comme étendard,
Les draps de ma noce au vent!

LÉONARD

Moi aussi je veux te quitter
Et ce serait honnêteté.
Mais je te suis, où que tu ailles.
Toi aussi. Fais un pas... Essaie...
Des clous de lune rivent tes hanches
A ma taille.

Toute cette scène est violente et sensuelle.

LA FIANCÉE

Tu entends?

LÉONARD

On vient!

LA FIANCÉE

Sauve-toi! Il est juste que je meure ici,
Les pieds dans l'eau, des épines sur la tête.
Les feuilles me pleureront,
Catin et pucelle!

LÉONARD

Tais-toi! Ils montent!

LA FIANCÉE

Pars!

LÉONARD

Silence. Qu'ils ne nous entendent pas!
Toi devant! Allons!

La fiancée hésite.

LA FIANCÉE

Toi et moi, ensemble!

LÉONARD, *l'étreignant.*

Comme tu voudras!
S'ils nous séparent, ce sera
Que je serai mort.

LA FIANCÉE

Et moi, morte.

Ils sortent enlacés.
La lune se lève très lentement. La scène est
éclairée d'une vive clarté bleue. On entend deux
violons. Soudain, deux longs cris déchirants,
la musique cesse brusquement. Au second cri
apparaît la mendiante, de dos. Elle ouvre sa
cape et reste au centre comme un oiseau aux
ailes immenses. La clarté lunaire s'arrête sur
elle. Le rideau tombe dans un silence absolu.

RIDEAU

DEUXIÈME TABLEAU

Une pièce blanche; arceaux et murs épais. A
droite et à gauche des escaliers blancs. Au fond,

arc en plein cintre et mur blanc. Le sol est également
d'un blanc luisant. Cette pièce très simple aura
l'aspect monumental d'une église. Pas un gris,
pas une ombre, même pas ce qui est indispen-
sable à la perspective. Deux jeunes filles vêtues de
bleu sombre dévident un écheveau de laine rouge.

PREMIÈRE JEUNE FILLE

Écheveau de laine,
Que veut brin de laine?

DEUXIÈME JEUNE FILLE

Robe de jasmin,
Cristal sur la main.
Morte à peine née,
Furtive journée.
Être brin de laine
Enchaîne tes pieds,
Et noue un bouquet
D'acides lauriers.

LA PETITE FILLE, *chantant.*

Vous avez été à la noce?

PREMIÈRE JEUNE FILLE

Non.

LA PETITE FILLE

Je n'y suis allée!
Que s'est-il passé,
Tige de la vigne?
Que s'est-il passé,
Branche d'olivier?
Personne n'est revenu
Avez-vous été à la noce?

DEUXIÈME JEUNE FILLE

Nous t'avons déjà dit que non.

LA PETITE FILLE *sort.*

Moi non plus!

DEUXIÈME JEUNE FILLE

Écheveau de laine,
Chante, brin de laine.

PREMIÈRE JEUNE FILLE

Blessure de cire,
Myrte, que souffrir?
Sommeil le matin,
Et la nuit, chagrin.

LA PETITE FILLE, *sur le seuil.*

La laine heurte
Un rocher dur.
Les monts d'azur
Laissent passage.
Cours, cours, cours vite,
Tu vas enfin
Plonger un couteau
Et rompre le pain.

Elle sort.

DEUXIÈME JEUNE FILLE

Écheveau de laine,
Que dit brin de laine?

PREMIÈRE JEUNE FILLE

Époux muet,
Amant vermeil,

Tous deux tombés,
Tous deux pareils...

Elles s'arrêtent et regardent la laine.

LA PETITE FILLE, *se montre à la porte.*

Le fil m'emmène.
Où va la laine?
Couverts de boue,
Voici qu'ils viennent,
Corps immobiles
Et draps de fil.

*Elle sort. Apparaissent la femme et la belle-
mère de Léonard. Elles sont angoissées.*

PREMIÈRE JEUNE FILLE

Ils arrivent?

LA BELLE-MÈRE, *acide.*

Nous n'en savons rien.

DEUXIÈME JEUNE FILLE

Quelles nouvelles de la noce?

PREMIÈRE JEUNE FILLE

Raconte...

LA BELLE-MÈRE, *sèchement.*

Rien.

LA FEMME

Je veux y retourner pour tout savoir.

LA BELLE-MÈRE, *tragique.*

Toi, dans ta maison.
Courageuse et seule, dans ta maison.

Pour y vieillir et pour y pleurer.
Mais derrière la porte fermée.
Lui, jamais. Ni mort ni vif.
Nous clouerons les fenêtres.
Et viennent les pluies, viennent les nuits
Sur l'herbe amère.

LA FEMME

Qu'a-t-il pu se passer?

LA BELLE-MÈRE

N'importe.
Jette un voile noir sur ta face.
Tes enfants ne sont qu'à toi seule.
Dans ton lit,
Mets une croix de cendre
A la place de son oreiller.

Elles sortent.

LA MENDIANTE, *à la porte.*

Un morceau de pain, mes petites.

LA PETITE FILLE

Va-t'en.

Les jeunes filles se groupent.

LA MENDIANTE

Pourquoi?

LA PETITE FILLE

Parce que tu te lamentes. Va-t'en.

PREMIÈRE JEUNE FILLE

Petite!

LA MENDIANTE

J'aurais pu demander tes yeux. Une nuée
d'oiseaux me suit. En veux-tu un?

LA PETITE FILLE

Je veux m'en aller.

DEUXIÈME JEUNE FILLE, *à la mendiante.*

Ne fais pas attention à elle!

PREMIÈRE JEUNE FILLE

Tu es venue par le chemin du ruisseau?

LA MENDIANTE

Je suis venue par là.

PREMIÈRE JEUNE FILLE, *timidement*

Puis-je te poser une question?

LA MENDIANTE

Je les ai vus. Ils seront bientôt là.
Deux torrents enfin calmes, entre
Les grandes pierres. Deux hommes
Entre les pattes du cheval.
Morts en cette belle nuit.

Avec extase.

Morts, oui, morts.

PREMIÈRE JEUNE FILLE

Tais-toi, vieille, tais-toi!

LA MENDIANTE

Leurs yeux sont des fleurs déchiquetées,
Leurs dents, deux poignées de neige durcie.

Morts tous les deux. La robe de la mariée,
Sa belle chevelure, tout est taché de sang.
On les rapporte sous deux mantes.
Sur les épaules des gars les plus forts.
C'est tout. Justice.
Sur la fleur de l'or, le sable est tombé.

> *Elle s'en va. Les jeunes filles penchent la tête et sortent avec rythme.*

PREMIÈRE JEUNE FILLE

Le sable souille...

DEUXIÈME JEUNE FILLE

La fleur de l'or...

LA PETITE FILLE

Sur la fleur de l'or
On ramène les fiancés par le ruisseau.
Face brune l'un,
Face brune l'autre.
Quel rossignol nocturne vole et pleure
Sur la fleur de l'or!

> *Elle sort. La scène reste vide. Entre la mère avec une voisine. La voisine pleure.*

LA MÈRE

Tais-toi!

LA VOISINE

Je ne peux pas.

LA MÈRE

Je te dis de te taire. *(A la porte.)* Personne, ici? *(Elle porte la main à son front.)* Mon fils devrait me répondre. Mais mon fils n'est plus qu'une brassée de fleurs sèches. Mon fils est maintenant une voix sombre derrière la montagne. *(Avec rage, à la voisine :)* Te tairas-tu? Je ne veux pas de larmes dans cette maison. Vos larmes à vous ne viennent que des yeux. Les miennes monteront de la plante de mes pieds lorsque je serai seule. Plus brûlantes que le sang, elles vont sourdre de mes racines...

LA VOISINE

Viens chez moi. Ne reste pas ici.

LA MÈRE

C'est ici que je veux demeurer. Bien tranquille : ils sont tous morts. A minuit, désormais, je dormirai, sans rien craindre du fusil ou du couteau. D'autres mères se pencheront aux fenêtres, fouettées par la pluie, pour voir le visage d'un fils. Moi, non. Je ferai de mon sommeil une froide colombe d'ivoire qui portera des camélias de givre au cimetière. Cimetière? Non : lit de terre, qui les protège et les berce dans le ciel. *(Entre une femme en noir qui se dirige vers la droite et s'agenouille. A la voisine :)* Écarte tes mains de ta figure. Des jours terribles vont venir. Je ne veux voir personne. La terre et moi, mes larmes et moi. Et ces quatre murs. Aïe! Aïe!

Elle s'assied, glacée.

LA VOISINE

Aie pitié de toi-même...

LA MÈRE, *rejetant ses cheveux en arrière.*

Je dois être calme. Les voisines vont venir, je
ne veux pas qu'elles voient mon dénuement.
Pauvre de moi... Si pauvre... Une femme qui n'a
plus un enfant à se porter aux lèvres...

> *Apparaît la fiancée. Elle n'a plus sa couronne
> d'oranger et porte un châle noir.*

LA VOISINE *reconnaissant la fiancée, avec rage.*

Où vas-tu?

LA FIANCÉE

Je viens ici.

LA MÈRE, *à la voisine.*

Qui est-ce?

LA VOISINE

Tu ne la reconnais pas?

LA MÈRE

C'est bien pourquoi je demande qui est là...
Sinon je la saignerais d'un coup de dent. Vipère!
*(Elle se dirige vers la fiancée avec un geste de
violence qu'elle réprime. A la voisine :)* Tu la
vois? Elle est ici, elle pleure, et moi je suis tranquille, et je ne lui arrache pas les yeux. Je ne
comprends pas. Est-ce que je n'aimais pas mon
fils? Mais son honneur? Où est son honneur?

> *Elle frappe la fiancée qui tombe.*

LA VOISINE

Mon Dieu!

> *Elle essaie de les séparer.*

LA FIANCÉE, *à la voisine.*

Laisse-la. Je suis venue pour qu'elle me tue
et qu'on m'emporte avec eux deux. *(A la mère :)*
Mais pas avec les mains, avec des crochets de fer,
avec une faux, et fort, jusqu'à ce qu'elle les casse
sur mes os. Laisse-la! Je veux qu'elle sache que
je suis honnête. Folle, peut-être! mais on m'enterrera sans qu'un homme se soit jamais miré
dans la blancheur de mes deux seins.

LA MÈRE

Tais-toi! Tais-toi! Qu'est-ce que cela peut me
faire?

LA FIANCÉE

Je suis partie avec l'autre! Je suis partie!
(Avec angoisse.) Toi aussi, tu serais partie! J'étais
brûlée, couverte de plaies dedans et dehors.
Ton fils était un peu d'eau dont j'attendais
des enfants, une terre, la santé. Mais l'autre
était un fleuve obscur sous la ramée, il m'appor-
tait la rumeur de ses joncs, sa chanson murmu-
rait. Je courais avec ton fils qui, lui, était tout
froid comme un petit enfant de l'eau, et l'autre,
par centaines, m'envoyait des oiseaux qui m'em-
pêchaient de marcher, et qui laissaient du givre
sur mes blessures de pauvre femme flétrie, de
jeune fille caressée par le feu... Je ne voulais pas,
entends-moi bien! Je ne voulais pas... Ton fils
était mon salut, et je ne l'ai pas trompé, mais le
bras de l'autre m'a entraînée comme une vague
de fond, comme vous pousse le coup de tête d'un
mulet. Et il m'aurait entraînée toujours, tou-

jours, même si j'avais été une vieille femme et si tous les fils de ton fils s'étaient accrochés à mes cheveux!

Entre une voisine.

LA MÈRE

Ce n'est pas sa faute à elle! La mienne non plus! *(Sarcastique.)* La faute à qui, alors? Paresseuse, maniérée, femme au mauvais sommeil, qui jette une couronne d'oranger pour chercher un coin de lit encore chaud d'une autre femme!

LA FIANCÉE

Tais-toi! Tais-toi! Venge-toi de moi, me voici! Mon cou est tendre, moins dur à trancher qu'un dahlia de ton jardin. Mais ne m'insulte pas! Je suis honnête, honnête comme un petit enfant nouveau-né. Et forte à te le démontrer. Allume le feu. Nous allons y mettre les mains : toi pour ton fils, moi pour mon corps : tu seras forcée de les retirer avant moi.

Entre une autre voisine.

LA MÈRE

Que me fait, à moi, ton honnêteté?... Qu'est-ce que cela me fait, que tu meures?... Que m'importe rien de rien?... Bénis soient les blés, parce qu'ils protègent le sommeil de mes fils. Bénie soit la pluie qui mouille la face des morts. Et béni soit Dieu qui nous étend les uns auprès des autres apaisés.

Entre une autre voisine.

LA FIANCÉE

Laisse-moi pleurer avec toi.

LA MÈRE

Pleure, mais à la porte.

> *Entre la petite fille. La fiancée reste sur le seuil. La mère est au centre de la scène.*

LA FEMME, *entrant et se dirigeant vers la gauche.*

Ce fut un beau cavalier :
Maintenant tas de neige.
Il a couru les foires, les bois,
Les bras des femmes :
Maintenant la mousse des nuits
Le couronne.

LA MÈRE

Tournesol de la mère,
Miroir de la terre...
Qu'on mette sur ta poitrine
Une croix de laurier-rose,
Un drap de soie.
Et que l'eau pleure
Dans tes mains tranquilles.

LA FEMME

Aïe! voici venir quatre garçons,
Courbés sous le poids!

LA FIANCÉE

Aïe! quatre garçons
Portent la mort dans l'air!

LA MÈRE

Voisine!

LA PETITE FILLE, *à la porte.*

On les apporte.

LA MÈRE

Toujours pareil :
La croix, la croix.

LES FEMMES

Tendres clous,
Douce croix,
Doux nom de Jésus!

LA FIANCÉE

Que la croix protège les vivants et les morts.

LA MÈRE

Voisines, avec un couteau,
Un tout petit couteau,
Il était écrit qu'un certain jour,
Entre deux et trois heures,
Les deux hommes de l'amour s'entre-tueraient.
Avec un couteau,
Un petit couteau
Qui tient à peine dans la main.
Mais pénètre finement
Dans les chairs surprises
Et s'arrête à l'endroit
Où tremble enchevêtrée
La racine obscure des cris.

LA FIANCÉE

Un couteau,
Un petit couteau
Qui tient à peine dans la main;
Poisson sans écailles, sans fleuve,
Pour qu'un certain jour, entre deux et trois heures,
Deux hommes restent durcis à jamais
Les lèvres toutes jaunes.

LA MÈRE

Il tient à peine dans la main,
Mais il pénètre froid
Dans les chairs surprises
Et s'arrête à l'endroit
Où tremble enchevêtrée
La racine obscure des cris.

Les femmes agenouillées pleurent.

RIDEAU

LA MAISON
DE BERNARDA ALBA

PERSONNAGES

BERNARDA, *60 ans.*

MARIA JOSEFA *(mère de Bernarda), 80 ans.*

ANGUSTIAS *(fille de Bernarda), 39 ans.*

MAGDALENA *(fille de Bernarda), 30 ans.*

AMELIA *(fille de Bernarda), 27 ans.*

MARTIRIO *(fille de Bernarda), 24 ans.*

ADELA *(fille de Bernarda), 20 ans.*

LA PONCIA *(domestique), 60 ans.*

LA SERVANTE, *50 ans.*

PRUDENCIA, *50 ans.*

UNE MENDIANTE.

PREMIÈRE FEMME.

DEUXIÈME FEMME.

TROISIÈME FEMME.

QUATRIÈME FEMME.

UNE FILLETTE.

FEMMES DU CORTÈGE FUNÈBRE.

*Le poète précise qu'il a voulu faire de ces trois actes
un document photographique.*

ACTE PREMIER

Une pièce toute blanche dans la maison de Bernarda. Murs épais. Portes cintrées avec rideaux de jute bordés de volants et de pompons. Chaises de paille. Tableaux représentant des paysages invraisemblables avec nymphes ou rois de légende. C'est l'été. Un grand silence ombreux règne sur la scène, qui sera vide au lever du rideau. Des cloches sonnent le glas.

SCÈNE PREMIÈRE

Entre la servante.

LA SERVANTE

Oh! ce glas. Il me casse la tête à la fin!

 Entre la Poncia. Elle mange du saucisson et du pain.

LA PONCIA

Voilà bien deux heures qu'ils débitent leurs patenôtres. Il est venu des curés de tous les villages. L'église est superbe. N'empêche qu'au premier répons la Magdalena a tourné de l'œil.

LA SERVANTE

C'est celle qui reste la plus seule...

LA PONCIA

Oui, la seule qui aimait vraiment son père. Ouf! Grâce à Dieu, nous voilà un peu tranquilles! Je suis venue manger.

LA SERVANTE

Si Bernarda te voyait!...

LA PONCIA

Elle voudrait peut-être, parce qu'elle jeûne aujourd'hui, que tout le monde crève de faim! La dragonne! La tigresse! Elle peut toujours attendre! Moi, j'ai entamé le saucisson.

LA SERVANTE, *plaintive, avec anxiété.*

Tu ne m'en donnes pas pour ma petite, Poncia?

LA PONCIA

Tu n'as qu'à te servir; va prendre une poignée de pois chiches. Aujourd'hui, elle ne verra rien!

UNE VOIX, *dans les coulisses.*

Bernarda!

LA PONCIA

La vieille. Elle est bien enfermée?

LA SERVANTE

A double tour.

LA PONCIA

Tu devrais mettre la barre en plus. Elle a des doigts, on dirait des crochets.

LA VOIX

Bernarda!

LA PONCIA, *à la cantonade.*

Elle arrive! *(A la servante :)* Allons, astique, astique! Il faut que tout brille dans la maison, sinon elle m'arrachera le peu de cheveux qui me restent.

LA SERVANTE

Quelle femme!

LA PONCIA

C'est un tyran pour tous ceux qui l'entourent. Elle serait capable de s'asseoir sur ton cœur et de te regarder mourir à petit feu pendant toute une année, sans perdre son sourire de glace, la maudite. Allons, nettoie-moi cette faïence!

LA SERVANTE

J'ai les mains en sang à force de frotter.

LA PONCIA

Il faut qu'elle soit toujours la plus soignée, la

plus digne, la plus grande. Ah! il a bien gagné
son repos, le pauvre homme!

Les cloches cessent de sonner.

LA SERVANTE

Est-ce que toute la famille est venue?

LA PONCIA

La sienne à elle. Les parents du mari la dé-
testent. Ils sont simplement venus pour le voir
mort et lui faire le signe de croix.

LA SERVANTE

Il y aura assez de chaises?

LA PONCIA

De trop! Sinon, qu'ils s'assoient par terre!
Depuis que le père de Bernarda est mort, personne n'a mis les pieds dans cette maison. Elle
ne veut pas qu'on la voie dans son fief, la maudite!

LA SERVANTE

Elle s'est bien conduite avec toi.

LA PONCIA

Voilà trente ans que je lave ses draps; trente
ans que je mange ses restes; que je passe des
nuits blanches quand elle tousse et des jours
entiers à épier les voisins par la fente de la porte
pour tout lui rapporter. Aucun secret l'une pour
l'autre, et pourtant je la maudis! Que les clous
de la douleur l'aveuglent!

LA SERVANTE

Allons, allons!

LA PONCIA

Mais je suis bonne chienne; j'aboie quand on me l'ordonne et je mords les gueux au talon quand elle m'excite; mes fils travaillent sur ses terres, mariés tous les deux. Mais, un jour, j'en aurai assez...

LA SERVANTE

Et ce jour-là...

LA PONCIA

Ce jour-là, je m'enfermerai avec elle entre quatre murs et, toute une année, je lui cracherai dessus : « Tiens, Bernarda, pour ci et pour ça et encore pour ça », jusqu'à ce que je la laisse comme un de ces lézards que les enfants écrasent, car elle ne vaut pas plus cher, elle et toute son engeance. Pour sûr que je n'envie pas son lot. Elle a cinq laiderons sur les bras. Mettons à part Angustias, l'aînée, la fille du premier mariage, qui est riche; les autres, avec toutes leurs dentelles brodées et leurs chemises de fil, pour tout héritage elles ont du pain et du raisin.

LA SERVANTE

J'aimerais bien en avoir autant!

LA PONCIA

Nous autres, nous avons nos mains et un trou dans la terre de la vérité.

LA SERVANTE

Oui, la seule terre qu'on nous laisse, à nous qui ne possédons rien.

LA PONCIA, *inspectant le placard.*

Ce verre est taché.

LA SERVANTE

Rien n'y fait, ni le savon ni le torchon.

Les cloches se remettent à sonner.

LA PONCIA

Le dernier répons. Je vais écouter le curé. J'aime bien sa manière de chanter. Dans le *Pater Noster*, sa voix monte, monte, monte... On dirait une cruche qui se remplit. Bien sûr, ça finit par un couac; mais c'est un régal de l'entendre. Naturellement, aucune comparaison avec notre ancien sacristain. C'est lui qui chantait à la messe de ma mère, Dieu ait son âme. Eh bien, les murs tremblaient. Et quand il disait *Amen*, tu aurais cru qu'un loup était entré dans l'église. *(L'imitant:)* *Ameeen!*

Elle se met à tousser.

LA SERVANTE

Tu vas te faire sauter le gosier.

LA PONCIA

C'est autre chose que j'aimerais faire sauter.

Elle sort en riant.

SCÈNE II

La servante nettoie. Les cloches sonnent.

LA SERVANTE, *sur le rythme du carillon.*
Ding, ding, dong. Ding, ding, dong. Dieu lui
pardonne!

UNE MENDIANTE, *avec une fillette.*
Loué soit Dieu!

LA SERVANTE
Ding, ding, dong. Et qu'Il nous attende longtemps encore! Ding, ding, dong.

LA MENDIANTE, *fort,*
et avec une certaine irritation.
Loué soit Dieu!

LA SERVANTE, *irritée.*
A jamais!

LA MENDIANTE
Je viens pour les restes.

Les cloches se taisent.

LA SERVANTE
Tu vois la porte? Elle mène à la rue. Aujour-
d'hui les restes sont pour moi.

LA MENDIANTE
Pourtant, toi, on te fait vivre. Mon enfant et
moi, nous sommes seules!

LA SERVANTE

Les chiens, aussi, sont seuls, et ils vivent.

LA MENDIANTE

On me les donne toujours.

LA SERVANTE

Allez, ouste! Qui vous a dit d'entrer? Vous m'avez fait des marques avec vos pieds. *(Elles s'en vont. Elle nettoie.)* Des carrelages vernis à l'huile, des placards, des sellettes, des lits d'acier... pour nous faire ravaler notre bile à nous autres qui moisissons dans des huttes de torchis avec une assiette et une cuillère. Ah! si nous pouvions tous disparaître un jour, et qu'on n'en parle plus! *(Les cloches se remettent à sonner.)* Oui, oui, allez-y! En avant, les cloches! Un cercueil à filets d'or! Des coussins pour le soulever! Et, pour finir, logés à la même enseigne! Bien fait pour toi, Antonio Maria Benavides, te voilà maintenant tout raide dans ton costume de drap et tes bottes de cuir! Bien fait! Tu ne viendras plus me trousser les jupons derrière la porte de ta basse-cour!

SCÈNE III

Par le fond de la scène commencent à entrer les femmes du cortège, deux par deux, avec de grands

*foulards, des jupes et des éventails noirs. Elles
entrent lentement et emplissent la scène.*

LA SERVANTE, *elle se met à crier.*

Malheur à nous! Antonio Maria Benavides, **tu**
ne reverras plus ces murs, tu ne mangeras **plus**
le pain de cette maison! Moi, je t'aimais le **plus**
de toutes tes servantes! *(S'arrachant les cheveux.)*
Comment vivre maintenant que tu n'es plus là?
Comment vivre?

*Les deux cents femmes achèvent d'entrer.
Apparaît Bernarda avec ses cinq filles.*

BERNARDA, *à la servante.*

Silence!

LA SERVANTE, *en pleurant.*

Bernarda!

BERNARDA

Moins de cris et plus de besogne. Tu aurais **dû**
mieux nettoyer la maison pour recevoir le **cor-**
tège. Va-t'en. Ta place n'est pas ici. *(La servante
s'en va en pleurant.)* Les pauvres sont comme **les**
animaux. On dirait qu'ils sont faits d'une **autre**
étoffe que nous.

PREMIÈRE FEMME

Ils ont leurs chagrins, eux aussi.

BERNARDA

Mais ils les oublient devant un plat de len-
tilles.

UNE FILLETTE, *timidement.*

Il faut manger pour vivre.

BERNARDA

A ton âge, on ne parle pas devant les grandes personnes.

PREMIÈRE FEMME

Tais-toi, petite!

BERNARDA

On ne m'a jamais fait la leçon. Asseyez-vous. *(Elles s'assoient. Un temps. Fort :)* Magdalena, ne pleure pas; sinon, va te cacher sous ton lit. Tu m'entends?

DEUXIÈME FEMME, *à Bernarda.*

Avez-vous commencé les travaux sur l'aire?

BERNARDA

Hier.

TROISIÈME FEMME

Il tombe un soleil de plomb.

PREMIÈRE FEMME

Voilà des années qu'il n'a pas fait une chaleur pareille.

Pause. Elles s'éventent toutes

BERNARDA

La citronnade est faite?

LA PONCIA

Oui, Bernarda

Elle entre avec un grand plateau plein de carafons blancs qu'elle distribue.

BERNARDA

Donnez-en aux hommes.

LA PONCIA

Ils en prennent dans le patio.

BERNARDA

Qu'ils sortent par où ils sont entrés. Je ne veux pas qu'ils passent par ici.

LA FILLETTE, *à Angustias.*

Pépé le Romano était avec les hommes du cortège.

ANGUSTIAS

Oui, il y était.

BERNARDA

Tu veux dire sa mère. C'est sa mère qu'elle a vue. Pépé, nous ne l'avons pas aperçu, ni elle ni moi.

LA FILLETTE

J'aurais cru...

BERNARDA

Ce devait être le veuf de Darajali. Tout près de ta tante. Celui-là, nous l'avons toutes remarqué.

DEUXIÈME FEMME, *en aparté, à voix basse.*

Mauvaise teigne!

TROISIÈME FEMME, *même jeu.*

Langue de rasoir!

BERNARDA

A l'église, les femmes ne doivent regarder
d'autre homme que l'officiant, et encore parce
qu'il porte des jupes. Tourner la tête, c'est chercher la chaleur du mâle.

PREMIÈRE FEMME, *à voix basse.*

Vieille sorcière racornie!

LA PONCIA, *entre ses dents.*

Desséchée par la fièvre de l'homme!

BERNARDA

Loué soit Dieu!

TOUTES, *se signant.*

Loué soit-il et béni à jamais!

BERNARDA

Repose en paix dans la sainte
compagnie de l'Ultime Gardien.

TOUTES

Repose en paix!

BERNARDA

Avec l'ange saint Michel
et son épée justicière.

TOUTES

Repose en paix!

BERNARDA

Avec la clef qui ouvre tout
et la main qui ferme tout.

TOUTES

Repose en paix!

BERNARDA

Avec les bienheureux
et les lumières des champs.

TOUTES

Repose en paix!

BERNARDA

Avec notre sainte charité
et les âmes de terre et de mer.

TOUTES

Repose en paix!

BERNARDA

Accorde le repos à ton serviteur Antonio Maria
Benavides et donne-lui la couronne de ta sainte
gloire.

TOUTES

Amen.

BERNARDA, *debout. Elle chante :*

Requiem aeternam dona eis, Domine.

TOUTES, *debout,*
chantant sur le mode grégorien.

Et lux perpetua luceat eis.

Elles se signent.

PREMIÈRE FEMME

Sois forte afin de prier pour son âme.

Elles défilent devant elle.

TROISIÈME FEMME

Le pain chaud ne manquera pas à ta table.

DEUXIÈME FEMME

Tes filles auront un toit.

Elles continuent à défiler devant Bernarda
et sortent. Angustias sort par une autre porte
qui ouvre sur le patio.

QUATRIÈME FEMME

Puisses-tu goûter longtemps le froment de ton
mariage.

LA PONCIA, *entrant avec une bourse.*

De la part des hommes, cette bourse pleine
d'argent pour les répons.

BERNARDA

Remercie-les et sers-leur un verre d'eau-de-vie.

LA FILLETTE, *à Magdalena.*

Magdalena...

BERNARDA, *à Magdalena*
qui se remet à pleurer.

Chut! *(Toutes les femmes sortent. Se tournant*

dans leur direction :) Rentrez chez vous critiquer tout ce que vous avez vu! Dieu fasse que vous restiez longtemps encore avant de repasser sous la voûte de ma porte!

SCÈNE IV

LA PONCIA

Tu n'as pas à te plaindre. Tout le village est venu.

BERNARDA

Oui, pour emplir ma maison de la sueur de ses jupes et du venin de ses langues.

AMELIA

Mère, ne parlez pas ainsi!

BERNARDA

C'est ainsi que l'on doit parler dans ce maudit village sans rivière, village de puits où l'on tremble toujours de boire une eau empoisonnée.

LA PONCIA

Dans quel état elles m'ont mis le carrelage!

BERNARDA

Pire qu'un troupeau de chèvres! *(La Poncia essuie le sol.)* Donne-moi un éventail.

ADELA

Tenez.

*Elle lui tend un éventail rond à fleurs rouges
et vertes.*

BERNARDA, *le jetant à terre.*

Est-ce là l'éventail qu'on donne à une veuve?
Donne-m'en un noir et apprends à respecter le
deuil de ton père.

MARTIRIO

Prenez le mien.

BERNARDA

Et toi?

MARTIRIO

Je n'ai pas chaud.

BERNARDA

Va en chercher un autre, car tu en auras besoin. Pendant les huit ans que durera le deuil,
l'air de la rue ne doit pas pénétrer dans cette
maison. Dites-vous que j'ai muré les portes et
les fenêtres. Comme on faisait chez mon père et
chez mon grand-père. En attendant, vous pouvez
vous mettre à broder vos trousseaux. Dans le
coffre, j'ai vingt pièces de fil, où vous taillerez des
draps avec leurs rabats. Magdalena les brodera.

MAGDALENA

Cela m'est égal.

ADELA, *aigre.*

Si tu ne veux pas les broder, on s'en passera.
Les tiens feront plus d'effet.

MAGDALENA

Ni les miens ni les vôtres. Je sais que je ne me marierai pas. J'aimerais mieux porter des sacs de blé au moulin. Tout plutôt que de moisir jour après jour dans ce caveau.

BERNARDA

C'est la condition de la femme.

MAGDALENA

Maudites soient les femmes!

BERNARDA

Ici, on fait ce que j'ordonne. Maintenant, tu ne peux plus aller rapporter à ton père. Le fil et l'aiguille pour la femme. Le fouet et la mule pour l'homme. C'est la règle dans les bonnes familles.

Adela sort.

LA VOIX

Bernarda! Laisse-moi sortir!

BERNARDA, *à la cantonade.*

Lâchez-la!

Entre la servante.

LA SERVANTE

J'ai eu du mal à la tenir. Malgré ses quatre-vingts ans, ta mère est forte comme un chêne.

BERNARDA

Elle a de qui tenir. Mon grand-père était comme ça.

LA SERVANTE

Quand les femmes étaient là, plus d'une fois j'ai dû lui mettre une toile de sac sur la bouche, parce qu'elle voulait t'appeler pour avoir au moins « de l'eau de vaisselle et de la viande de chien », la nourriture que tu lui donnes, à ce qu'elle prétend.

MARTIRIO

Elle est mauvaise!

BERNARDA, *à la servante.*

Mettez-la dans le patio, qu'elle se calme!

LA SERVANTE

Elle a tiré du coffre ses bagues et ses boucles d'oreilles d'améthyste; elle se les est mises et elle m'a dit qu'elle voulait se marier.

Les filles de Bernarda rient.

BERNARDA

Va avec elle et prends garde qu'elle n'approche du puits.

LA SERVANTE

N'aie crainte : elle ne s'y jettera pas.

BERNARDA

Ce n'est pas pour cela... Les voisines pourraient la voir de leurs fenêtres.

La servante sort.

MARTIRIO

Nous allons nous changer.

BERNARDA

Oui, mais gardez vos foulards. *(Entre Adela.)*
Et Angustias?

ADELA, *insidieuse.*

Je l'ai vue en train de guetter au portail. Les
hommes achèvent de s'en aller.

BERNARDA

Et toi-même, que faisais-tu là-bas?

ADELA

Je voulais voir si les poules avaient pondu.

BERNARDA

Pourtant, les hommes devraient être sortis!

ADELA, *insidieuse.*

Il y avait encore un groupe arrêté dehors.

BERNARDA, *furieuse.*

Angustias! Angustias!

ANGUSTIAS, *entrant.*

Que désirez-vous?

BERNARDA

Qui regardais-tu, là-bas?

ANGUSTIAS

Personne.

BERNARDA

Est-il convenable qu'une femme de ton rang

s'en aille courir les hommes le jour de l'enterre-
ment de son père? Allons, réponds! Qui regardais-
tu?

Un temps.

ANGUSTIAS

Moi...

BERNARDA

Oui, toi!

ANGUSTIAS

Personne!

BERNARDA, *elle s'avance et la frappe.*

Voyez-moi la sucrée, la doucereuse!

LA PONCIA, *accourant.*

Bernarda, calme-toi!

Elle la retient. Angustias pleure.

BERNARDA, *à ses filles.*

Sortez toutes!

Elles sortent.

SCÈNE V

LA PONCIA

Elle ne se rendait pas compte de ce qu'elle
faisait. Bien sûr, c'est très mal. D'abord, je l'avais
vue s'esquiver, du côté du patio; ça m'a intriguée.

Après quoi, je l'ai surprise derrière une fenêtre
à écouter la conversation des hommes; c'était à
se boucher les oreilles, comme toujours.

BERNARDA

C'est pour cela qu'ils viennent aux enterre-
ments. *(Avec curiosité.)* Et de quoi parlaient-ils?

LA PONCIA

Ils parlaient de Paca la Roseta. La nuit dernière, ils ont attaché son mari à un râtelier, et
elle, ils l'ont emmenée à cheval jusqu'au haut
des oliviers.

BERNARDA

Et elle?

LA PONCIA

Elle? Elle ne demandait pas mieux. Il paraît
qu'elle allait les seins nus et que Maximiliano la
serrait contre lui comme une guitare. Une horreur!

BERNARDA

Et qu'est-il arrivé?

LA PONCIA

Ce qui devait arriver. Ils sont revenus à l'aube.
Paca la Roseta avait les cheveux défaits et por-
tait une couronne de fleurs.

BERNARDA

C'est la seule femme malhonnête que nous
ayons au village.

LA PONCIA

Parce qu'elle n'est pas d'ici. Elle vient de très loin, comme, d'ailleurs, ceux qui sont allés avec elle. Les hommes d'ici ne sont pas capables de faire cela.

BERNARDA

Non, mais ils aiment le voir et le commenter, et ils s'en pourlèchent.

LA PONCIA

Ils en racontaient bien d'autres.

BERNARDA, *regardant à droite et à gauche avec inquiétude.*

Quoi donc?

LA PONCIA

J'ai honte de le répéter.

BERNARDA

Et ma fille a entendu ça?

LA PONCIA

Bien sûr!

BERNARDA

Elle tient de ses tantes, ces mijaurées toutes blanches, toutes confites, qui faisaient des yeux de vache aux compliments du premier garçon coiffeur venu! Comme il faut souffrir et lutter pour maintenir la décence et brider un peu les instincts!

LA PONCIA

Il faut dire que tes filles sont en âge de se marier! Elles te donnent vraiment peu de mal. Angustias a trente ans bien sonnés.

BERNARDA

Trente-neuf exactement.

LA PONCIA

Imagine un peu! Et elle n'a jamais eu de fiancé...

BERNARDA, *furieuse*.

Ni elle ni les autres, et elles n'en ont pas besoin! Elles peuvent parfaitement s'en passer.

LA PONCIA

Je ne voulais pas te blesser.

BERNARDA

A cent lieues à la ronde, il n'y a personne qui puisse les approcher. Les hommes d'ici ne sont pas de leur rang. Voudrais-tu que je les livre à un quelconque valet de ferme?

LA PONCIA

Tu devrais aller dans un autre village.

BERNARDA

C'est cela. Pour les vendre!

LA PONCIA

Non, Bernarda, pour changer... Ailleurs, c'est certain, elles feraient figure de pauvres.

BERNARDA

Arrête cette langue maligne!

LA PONCIA

Avec toi, on ne peut rien dire. N'avons-nous pas confiance l'une en l'autre?

BERNARDA

Non. Tu me sers et je te paie. C'est tout.

LA SERVANTE, *entrant.*

Il y a don Arturo qui vient pour régler les partages.

BERNARDA

Allons-y. *(A la servante :)* Toi, va blanchir le patio. *(A la Poncia :)* Et toi, serre dans le grand coffre tous les effets du défunt.

LA PONCIA

Nous pourrions en donner quelques-uns.

BERNARDA

Rien. Pas un bouton! Pas même le mouchoir qui lui couvrait le visage.

> *Elle sort lentement. Avant de disparaître, elle tourne la tête et regarde ses servantes. Les servantes sortent ensuite.*

SCÈNE VI

Entrent Amelia et Martirio.

AMELIA

Tu as pris ton médicament?

MARTIRIO

Pour le profit que j'en tirerai!

AMELIA

Mais tu l'as pris.

MARTIRIO

Oh! j'agis machinalement, comme une horloge.

AMELIA

Depuis que ce nouveau médecin est venu, je te trouve plus animée.

MARTIRIO

Je me sens pareille.

AMELIA

Tu as remarqué? Adelaïda n'était pas au cortège.

MARTIRIO

Je le savais. Son fiancé ne lui laisse pas mettre

les pieds dehors. Avant, elle était joyeuse. Maintenant, elle ne se poudre même pas.

AMELIA

On ne sait pas s'il vaut mieux avoir un fiancé ou non.

MARTIRIO

C'est la même chose.

AMELIA

La faute en est à la malveillance des gens, qui ne nous laisse pas vivre. Adelaïda a dû passer un mauvais quart d'heure.

MARTIRIO

D'autant plus qu'elle craint notre mère, la seule personne qui connaisse l'histoire de son père et l'origine de ses terres. Chaque fois qu'elle vient ici, elle lui lance des allusions empoisonnées. Son père a tué à Cuba le mari de sa première femme, pour l'épouser après. Puis il a abandonné cette femme et s'en est allé avec une autre, qui avait une fille. Il a eu des rapports avec cette fille — la mère d'Adelaïda — et l'a épousée. Sa seconde femme était morte folle.

AMELIA

Et cet infâme n'est pas en prison?

MARTIRIO

Non, car les hommes s'arrangent entre eux

pour étouffer ce genre d'affaires. Il n'y a pas
moyen de le dénoncer.

AMELIA

Mais Adelaïda n'y est pour rien.

MARTIRIO

Non; mais les choses se répètent. Tout n'est
que terrible répétition. Et elle a la même destinée que sa mère et sa grand-mère, femmes toutes
deux de celui qui l'a engendrée.

AMELIA

C'est effrayant!

MARTIRIO

Mieux vaut ne jamais voir d'hommes. Tout
enfant, j'en avais déjà peur. Je les voyais dans
la basse-cour atteler les bœufs et charger les sacs
de blé, au milieu de jurons et de coups de pied,
et j'ai toujours eu peur de grandir et de me trouver un jour serrée dans leurs bras. Dieu m'a faite
chétive et laide et Il les a écartés définitivement
de moi.

AMELIA

Ne dis pas cela! Enrique Humanas t'a fait la
cour et tu lui plaisais.

MARTIRIO

Pure invention! Une fois, je l'ai attendu en
chemise derrière ma fenêtre toute la nuit ju~qu'à
l'aube, parce qu'il m'avait fait dire qu'il viendrait,
par la fille de son valet. Il n'est pas venu. Le reste

n'est que bavardage. Après quoi, il a épousé une
fille qui avait plus de bien que moi.

AMELIA

Et laide comme un pou.

MARTIRIO

Que leur importe la laideur? Ce qui compte,
pour eux, c'est la terre, les bêtes, et une chienne
soumise qui leur donne à manger.

AMELIA

Hélas!

SCÈNE VII

Entre Magdalena.

MAGDALENA

Que faites-vous?

MARTIRIO

Tu vois.

AMELIA

Et toi?

MAGDALENA

Je viens de parcourir la maison. Histoire de
bouger un peu. J'ai regardé les canevas brodés
de notre grand-mère : le petit chien de laine,
le nègre luttant contre le lion, qui enchantaient

notre enfance. En ce temps-là, on était plus gai.
Une noce durait dix jours et il n'y avait pas de
médisance. Aujourd'hui, on est plus raffiné; la
mariée se met un voile blanc, comme dans les
villes, et on boit du vin cacheté; mais nous nous
morfondons à cause du qu'en-dira-t-on.

MARTIRIO

Dieu sait ce qui devait se passer alors!

AMELIA, *à Magdalena.*

Le lacet de ton soulier est défait.

MAGDALENA

Et après?

AMELIA

Tu vas marcher dessus et tomber.

MAGDALENA

Une de moins!

MARTIRIO

Et Adela?

MAGDALENA

Ah! Elle a mis la robe verte qu'elle devait
étrenner pour son anniversaire et elle est allée à
la basse-cour en criant : « Poulettes, poulettes,
regardez-moi! » Je n'ai pu m'empêcher de rire!

AMELIA

Si notre mère l'avait vue!

MAGDALENA

Pauvrette! C'est la plus jeune de nous toutes

et elle aime la vie. Je ne sais ce que je donnerais
pour la voir heureuse.

SCÈNE VIII

*Une pause. Angustias traverse la scène, tenant
des serviettes en main.*

ANGUSTIAS

Quelle heure est-il?

MAGDALENA

Il doit être midi.

ANGUSTIAS

Déjà!

AMELIA

Ça va sonner bientôt.

Angustias sort.

SCÈNE IX

MAGDALENA, *d'un air entendu.*

Vous êtes au courant?

*Elle fait un signe de tête dans la direction
d'Angustias.*

AMELIA

Non.

MAGDALENA

Allons donc!

MARTIRIO

Je ne vois pas à quoi tu fais allusion...

MAGDALENA

Vous le savez mieux que moi, toutes les deux. Toujours tête contre tête comme deux brebis, mais jamais une confidence à personne. La nouvelle au sujet de Pépé le Romano!

MARTIRIO

Ah!

MAGDALENA, *l'imitant.*

Ah! On en parle déjà au village. Pépé le Romano a l'intention d'épouser Angustias. La nuit dernière, il tournait autour de la maison et je crois qu'il va bientôt nous envoyer un messager.

MARTIRIO

Je m'en réjouis. C'est un brave garçon.

AMELIA

Moi aussi. Angustias a des qualités.

MAGDALENA

Vous ne vous en réjouissez ni l'une ni l'autre

MARTIRIO

Voyons! Magdalena!

MAGDALENA

Si c'était Angustias en tant que personne, en tant que femme, qu'il venait chercher, je m'en réjouirais; mais c'est seulement à son argent qu'il en a. Angustias a beau être notre sœur, nous sommes ici en famille, il faut bien le reconnaître : elle est vieille et chétive; c'est la moins bien de nous toutes. A vingt ans déjà, elle avait l'air d'une perche en jupons; alors, maintenant qu'elle en a quarante!

MARTIRIO

Ne parle pas ainsi. La chance vient à qui l'attend le moins.

AMELIA

Après tout, elle dit vrai! Angustias a tout l'argent de son père; c'est la seule fille riche de la maison, et c'est pour cette raison qu'on vient la demander, maintenant que notre père est mort et qu'on va faire les partages!

MAGDALENA

Pépé le Romano a vingt-cinq ans et c'est le plus beau garçon des environs. Ce qui serait naturel, c'est qu'il te demande, toi, Amelia, ou notre Adela, qui a vingt ans, au lieu d'aller choisir la plus insignifiante de nous toutes, une fille qui parle du nez, comme son père.

MARTIRIO

Il aime peut-être ça, après tout!

MAGDALENA

Je n'ai jamais pu souffrir ton hypocrisie!

MARTIRIO

Oh! mon Dieu!

SCÈNE X

Entre Adela.

MAGDALENA

Alors, les poules t'ont vue?

ADELA

Que vouliez-vous que je fasse?

AMELIA

Si notre mère te voit ainsi, elle t'arrache les cheveux.

ADELA

Je me faisais une telle joie d'étrenner cette robe! J'espérais la mettre le jour où on va manger des pastèques à la campagne, près de la noria. Il n'y en aurait pas eu de pareille.

MARTIRIO

Elle est ravissante.

ADELA

Et puis, elle me va si bien. C'est ce que Magdalena a taillé de mieux.

MAGDALENA

Et les poules, qu'est-ce qu'elles t'ont dit?

ADELA

Elles m'ont gratifiée d'une poignée de puces
qui m'ont criblé les jambes.

Elles rient.

MARTIRIO

Ce que tu pourrais faire, c'est la teindre en noir.

MAGDALENA

Ou, mieux encore, l'offrir à Angustias pour
son mariage avec Pépé le Romano.

ADELA, *avec une émotion contenue.*

Comment? Avec Pépé le Romano?

AMELIA

Tu n'es pas au courant?

ADELA

Non.

MAGDALENA

Eh bien, tu le sais maintenant!

ADELA

Mais, c'est impossible!

MAGDALENA

Avec l'argent, il n'y a rien d'impossible!

ADELA

C'est donc pour cela qu'elle est sortie derrière
le cortège et qu'elle regardait au portail? *(Pause.)*
Et cet homme serait capable de...

MAGDALENA

Il est capable de tout.

Un temps.

MARTIRIO

A quoi penses-tu, Adela?

ADELA

Je pense que ce deuil m'a surprise au pire moment de ma vie.

MAGDALENA

Tu t'y feras.

ADELA, *pleurant de colère.*

Non, je ne m'y ferai pas. Je ne peux pas rester
enfermée. Je ne veux pas me dessécher comme
vous. Je ne veux pas perdre ma fraîcheur entre
ces quatre murs. Demain, je mettrai ma robe verte
et j'irai me promener dans la rue! Je veux sortir!

SCÈNE XI

Entre la servante.

MA|GDALENA, *autoritaire.*

Adela!

LA SERVANTE

La pauvre! Comme elle regrette son père!

Elle sort.

MARTIRIO

Tais-toi!

AMELIA

Tu feras comme tout le monde!

Adela se calme.

MAGDALENA

La bonne a failli t'entendre.

La servante réapparaît.

LA SERVANTE

Pépé le Romano arrive par le haut de la rue.

Amelia, Martirio et Magdalena courent vers la porte.

MAGDALENA

Allons le voir!

Elles sortent rapidement.

LA SERVANTE, *à Adela.*

Tu n'y vas pas?

ADELA

Aucune importance.

LA SERVANTE

Quand il sera au coin de la rue, tu le verras mieux de la fenêtre de ta chambre.

La servante sort.

Adela reste sur scène, hésitante. Au bout d'un moment, elle s'en va rapidement vers sa chambre.

SCÈNE XII

Entrent Bernarda et La Poncia.

BERNARDA

Maudits partages!

LA PONCIA

Que d'argent pour Angustias!

BERNARDA

Oui.

LA PONCIA

Les autres en ont bien moins.

BERNARDA

Voilà trois fois que tu me le rabâches et que je
ne veux pas te répondre. Oui : bien moins. Infi-
niment moins. Ne me le rappelle plus. *(Entre
Angustias, très maquillée.)* Angustias!

ANGUSTIAS

Mère.

BERNARDA

Comment? Tu as l'audace de te poudrer? Tu
as l'audace de te laver la figure le jour de la mort
de ton père?

ANGUSTIAS

Ce n'était pas mon père. Le mien est mort, il
y a longtemps. Vous ne vous en souvenez plus?

BERNARDA

Tu dois plus à cet homme, qui est le père de
tes sœurs, qu'au tien. Grâce à lui, tu as ta fortune
assurée.

ANGUSTIAS

C'est ce qui reste à voir!

BERNARDA

Ne serait-ce que par décence! Par respect pour
lui!

ANGUSTIAS

Mère, laissez-moi sortir.

BERNARDA

Sortir? Pas avant que je ne t'aie enlevé cette

poudre. Espèce de sainte nitouche! Tout le portrait de ses tantes! *(Elle lui ôte violemment la poudre avec un mouchoir.)* Et maintenant, disparais!

LA PONCIA

Bernarda, ne sois pas si rigoureuse!

BERNARDA

Si ma mère est folle, moi, j'ai toute ma tête, et je sais parfaitement ce que je fais.

SCÈNE XIII

Entrent toutes les filles de Bernarda.

MAGDALENA

Que se passe-t-il?

BERNARDA

Rien du tout.

MAGDALENA, *à Angustias.*

Si vous vous disputez à propos du partage, toi qui es la plus riche, tu peux tout garder.

ANGUSTIAS

Tu ferais mieux de te taire!

BERNARDA, *tapant le sol [de sa canne].*

Ne vous imaginez pas que vous serez les plus

fortes. Tant que je ne serai pas sortie de cette maison les pieds par-devant, c'est moi seule qui commanderai!

> *On entend des cris. Entre en scène Maria Josefa, mère de Bernarda, très vieille, la tête et les seins parés de fleurs.*

MARIA JOSEFA

Bernarda, où est ma mantille? Je ne veux rien vous laisser, à vous. Non. Ni mes bagues, ni ma toilette de moire. Parce qu'aucune de vous ne se mariera. Aucune! Bernarda, donne-moi mon collier de perles.

BERNARDA, *à la servante.*

Pourquoi l'avez-vous laissée entrer?

LA SERVANTE, *tremblant.*

Elle m'a échappé.

MARIA JOSEFA

Je me suis échappée parce que je veux me marier, parce que je veux me marier avec un beau garçon du bord de la mer, car ici les hommes fuient les femmes.

BERNARDA

Mère, taisez-vous!

MARIA JOSEFA

Non, je ne me tais pas. Je ne veux plus voir ces femmes seules, assoiffées de mariage et qui se

rongent le cœur. Je veux m'en retourner à mon
village. Bernarda, je veux avoir un homme pour
l'épouser et pour être heureuse avec lui.

BERNARDA

Enfermez-la!

MARIA JOSEFA

Laisse-moi sortir, Bernarda!

La servante saisit Maria Josefa.

BERNARDA

Aidez-la, vous autres!

A elles toutes, elles entraînent la vieille.

MARIA JOSEFA

Je veux m'en aller d'ici, Bernarda! Pour me
marier au bord de la mer, au bord de la mer!

Le rideau tombe rapidement.

ACTE DEUXIÈME

*Une chambre blanche dans la maison de Bernarda.
Les portes de gauche donnent sur les chambres à
coucher. Les filles de Bernarda [moins Adela] sont
assises sur des chaises basses et cousent. Magdalena brode. La Poncia est avec elles.*

SCÈNE PREMIÈRE

ANGUSTIAS

Voilà le troisième drap de taillé.

MARTIRIO

Il est pour Amelia.

MAGDALENA

Angustias, est-ce que je mets aussi les initiales
de Pépé?

ANGUSTIAS, *sèche.*

Non.

MAGDALENA, *à la cantonade.*

Adela, tu ne viens pas?

AMELIA

Elle doit être allongée.

LA PONCIA

Elle a sûrement quelque chose, cette fille. Je la trouve inquiète, fiévreuse, effarouchée, comme si elle avait un lézard entre les seins.

MARTIRIO

Elle a ce que nous avons toutes, ni plus ni moins.

MAGDALENA

Toutes, sauf Angustias.

ANGUSTIAS

Moi, je me trouve très bien, même si les autres en crèvent d'envie!

MAGDALENA

Pour ce qui est de la grâce et du tact, il faut bien en convenir, elle n'a pas sa pareille.

ANGUSTIAS

Grâce à Dieu, je vais bientôt sortir de cet enfer.

MAGDALENA

Peut-être pas!

MARTIRIO

Arrêtez cette dispute.

ANGUSTIAS

Et d'ailleurs ceinture dorée vaut mieux que corps bien fait.

MAGDALENA

Ça m'entre par une oreille et ça me sort par l'autre.

AMELIA, *à la Poncia.*

Ouvre la porte du patio, pour voir s'il entre un peu de fraîcheur.

La Poncia ouvre la porte.

MARTIRIO

Cette nuit, je n'ai pas pu dormir à cause de la chaleur.

AMELIA

Moi non plus.

MAGDALENA

Moi, je me suis levée pour me rafraîchir. Il y avait un nuage noir d'orage et il est même tombé quelques gouttes d'eau.

LA PONCIA

A une heure du matin, il sortait du feu de la terre. Je me suis levée, moi aussi. Angustias était encore à la fenêtre avec Pépé.

MAGDALENA, *ironique.*

Si tard? A quelle heure est-il parti?

ANGUSTIAS

Magdalena, pourquoi le demander si tu l'as vu?

AMELIA

Il a dû partir vers une heure et demie.

ANGUSTIAS

Tiens! Et toi, comment le sais-tu?

AMELIA

Je l'ai entendu tousser et j'ai reconnu le pas de sa pouliche.

LA PONCIA

Et moi, je vous dis que je l'ai entendu partir vers les quatre heures.

ANGUSTIAS

Ce ne devait pas être lui.

LA PONCIA

J'en suis sûre.

MARTIRIO

Moi aussi, j'aurais cru.

MAGDALENA

Voilà qui est bien étrange!

Pause.

LA PONCIA

Dis-nous, Angustias. Qu'est-ce qu'il t'a dit, la première fois qu'il est venu à ta fenêtre?

ANGUSTIAS

Que veux-tu qu'il me dise? Rien de particulier.

MARTIRIO

C'est quand même drôle : voilà deux personnes qui ne se connaissent pas; elles se voient à une fenêtre, et aussitôt fiancées!

ANGUSTIAS

Cela ne m'a pas surprise.

AMELIA

Moi, cela me ferait quelque chose.

ANGUSTIAS

Non, parce que, quand un homme vient à votre fenêtre, il sait très bien, par les uns et les autres, famille, relations, etc., qu'on lui répondra oui.

MARTIRIO

Soit, mais encore faut-il qu'il se déclare.

ANGUSTIAS

Bien sûr!

AMELIA, *curieuse.*

Et comment est-ce qu'il s'y est pris?

ANGUSTIAS

Bah, c'est bien simple : « Tu sais mes intentions sur toi. J'ai besoin d'une femme capable et sérieuse, et ce sera toi, si tu me donnes ton accord. »

AMELIA

Moi, ça me fait honte!

ANGUSTIAS

Moi aussi, mais il faut en passer par là.

LA PONCIA

Il a dit autre chose?

ANGUSTIAS

Oui, c'est toujours lui qui parlait.

MARTIRIO

Et toi?

ANGUSTIAS

Moi, je n'aurais pas pu. J'avais le cœur à la bouche. C'est la première fois que je me trouvais seule la nuit avec un homme.

MAGDALENA

Et un bien bel homme!

ANGUSTIAS

Oui. Pas mal fait de sa personne.

LA PONCIA

Ça se passe comme ça chez les gens qui ont de l'éducation : on bavarde, on cause, on fait des gestes... Moi, la première fois que mon mari Evaristo est venu à ma fenêtre... ha, ha, ha...

AMELIA

Eh bien?

LA PONCIA

Il faisait très noir. Je l'ai vu s'approcher et,
une fois là, il m'a dit : « Bonne nuit. » « Bonne
nuit », je lui ai répondu. Et nous voilà muets
tous les deux une bonne demi-heure. La sueur
me coulait dans le dos. Alors, Evaristo s'est
approché, approché, comme s'il voulait rentrer
dans la grille et il m'a dit tout bas : « Viens que
je te tâte ! »

Elles rient toutes. Amélia se lève en cou-
rant pour épier à une porte.

AMELIA

Ouh ! J'ai cru que notre mère arrivait !

MAGDALENA

Elle nous aurait bien arrangées !

Elles continuent à rire.

AMELIA

Chut !... On va nous entendre !

LA PONCIA

Après, il s'est bien tenu. Sa marotte, à lui,
c'était d'élever des chardonnerets, comme ça,
jusqu'à sa mort. Vous qui êtes filles, apprenez, de
toute façon, qu'au bout de quinze jours de mariage, l'homme quitte le lit pour la table, puis la
table pour la taverne et qu'il faut ou s'y résigner
ou se ronger de larmes dans son coin.

AMELIA

Toi, tu t'es résignée.

LA PONCIA

Moi, j'ai été la plus forte.

MARTIRIO

C'est vrai que tu le battais quelquefois?

LA PONCIA

Oui, j'ai même failli le laisser borgne, un jour.

MAGDALENA

Voilà comment devraient être toutes les femmes!

LA PONCIA

Moi, je suis de la vieille école, celle de ta mère.
Un jour qu'il m'avait dit je ne sais quoi, je lui ai
écrabouillé tous ses chardonnerets à coups de
pilon.

Elles rient.

MAGDALENA

Adela, ma fille, ne rate pas ça.

AMELIA

Adela!

Pause.

MAGDALENA

Je vais voir.

Elle sort.

LA PONCIA

Cette enfant n'est pas bien.

MARTIRIO

Évidemment, elle dort à peine.

LA PONCIA

Qu'est-ce qu'elle fait, alors?

MARTIRIO

Est-ce que je sais?

LA PONCIA

Tu pourrais le savoir mieux que moi, puisque tu dors contre sa cloison.

ANGUSTIAS

La jalousie la ronge.

AMELIA

N'exagère pas.

ANGUSTIAS

Je l'ai remarqué à ses yeux. Elle a des regards de folle.

MARTIRIO

Tais-toi. Ce n'est pas ici qu'on peut parler de folie.

SCÈNE II

Entrent Magdalena et Adela.

MAGDALENA

Tu ne dormais pas?

ADELA

Je ne me sens pas bien.

MARTIRIO, *insidieuse*.

Tu n'as peut-être pas bien dormi cette nuit?

ADELA

Si.

MARTIRIO

Alors?

ADELA, *fort*.

Laisse-moi tranquille! Que je dorme ou non, tu n'as pas à te mêler de mes affaires! Je fais de ma personne ce qu'il me plaît!

MARTIRIO

C'est par pure sollicitude!

ADELA

Sollicitude ou malice. Vous n'étiez pas en train de coudre? Eh bien, continuez! J'aimerais être invisible, pouvoir traverser l'appartement sans être harcelée de questions.

LA SERVANTE, *entrant*.

Bernarda vous appelle. Les dentelles sont là.
Elles sortent. Tout en sortant, Magdalena regarde fixement Adela.

ADELA

Cesse de me regarder! Si tu le veux, je te donnerai mes yeux, qui sont frais, et mon dos qui

redressera ta bosse, mais tourne la tête quand je
passe.

[*Elle reste.*] *Martirio sort.*

SCÈNE III

LA PONCIA

Voyons, c'est ta sœur, et même celle qui t'aime
le plus!

ADELA

Elle ne me lâche pas d'une semelle. Parfois,
elle met le nez à ma porte pour voir si je dors.
Elle ne me laisse pas respirer. Et toujours : « Quel
dommage, cette figure, ce corps qui ne seront à
personne! » Eh bien, non. Mon corps sera à qui je
voudrai.

LA PONCIA, *perfide, à voix basse.*

A Pépé le Romano, par exemple. Hein?

ADELA, *saisie.*

Que dis-tu?

LA PONCIA

Ce que je dis, Adela.

ADELA

Tais-toi!

LA PONCIA, *haut.*

Crois-tu que je n'aie rien remarqué?

ADELA

Baisse la voix!

LA PONCIA

Étouffe cette pensée!

ADELA

Que sais-tu?

LA PONCIA

Nous autres, les vieilles, nous voyons à travers les murs. Où t'en vas-tu la nuit, quand tu te lèves?

ADELA

Aveugle tu devrais être!

LA PONCIA

Avec des yeux plein la tête et les mains, quand il s'agit d'une chose pareille! J'ai beau me demander, je ne vois pas où tu veux en venir. Pourquoi est-ce que tu t'es mise presque nue, la lumière allumée et la fenêtre ouverte, au passage de Pépé, le deuxième soir qu'il venait causer avec ta sœur?

ADELA

Ce n'est pas vrai!

LA PONCIA

Ne fais pas comme les petits enfants. Laisse ta sœur tranquille, et si Pépé le Romano te plaît, prends ton mal en patience! *(Adela se met à pleurer.)* D'ailleurs, qui te dit que tu ne pourras pas l'épouser plus tard? Ta sœur Angustias est

chétive. Elle ne résistera pas au premier accou-
chement. Elle est déjà vieille, étroite de hanches,
et avec la science que j'ai, je t'affirme qu'elle y
restera. Alors Pépé fera ce que font tous les veufs,
ici-bas; il épousera la plus jeune et la plus jolie
des sœurs et ce sera toi. Nourris ton espérance,
oublie-le, fais tout ce que tu voudras, mais ne
va pas contre la loi de Dieu.

ADELA

Tais-toi!

LA PONCIA

Je ne me tais pas!

ADELA

Mêle-toi de tes propres affaires, fouinarde, perfide!

LA PONCIA

Comme ton ombre je te poursuivrai.

ADELA

Au lieu de nettoyer la maison, de rentrer te
coucher et de prier pour tes morts, tu t'en vas,
comme une vieille truie, renifler les histoires
d'hommes et de femmes pour baver dessus.

LA PONCIA

Je veille! Pour que les gens ne crachent pas en
passant devant cette porte.

ADELA

Quelle merveilleuse tendresse t'est venue tout
d'un coup pour ma sœur!

LA PONCIA

Je n'ai de préférence pour aucune de vous, mais je veux vivre dans une maison honnête. Je ne veux pas être salie à mon âge!

ADELA

Merci pour tes conseils. Ils viennent trop tard. Ce n'est point par-dessus toi, qui es une servante, c'est par-dessus ma mère que je sauterais pour éteindre ce feu qui s'est levé en moi, dans mes jambes, dans ma bouche! Qu'est-ce que tu peux dire de moi? Que je m'enferme dans ma chambre et que je n'ouvre pas la porte? Que je ne dors pas? Je suis plus fine que toi! Essaie toujours d'attraper le lièvre avec les mains.

LA PONCIA

Ne me défie pas, Adela, ne me défie pas. Je peux pousser des cris, allumer des lumières, faire sonner les cloches.

ADELA

Allume quatre mille feux de Bengale sur la clôture de la maison. Personne n'arrêtera ce qui doit arriver.

LA PONCIA

Tu aimes donc tellement cet homme!

ADELA

Tellement! Quand je le regarde dans les yeux, on dirait que je bois son sang, goutte à goutte.

LA PONCIA

Je ne peux pas t'entendre.

ADELA

Tu m'entendras quand même. Je t'ai crainte jusqu'à présent. Mais maintenant, je suis la plus forte!

SCÈNE IV

Entre Angustias.

ANGUSTIAS

Toujours à vous chamailler!

LA PONCIA

Bien sûr. Par cette chaleur, elle voudrait que j'aille lui faire Dieu sait quelle commission.

ANGUSTIAS

Tu m'as acheté le flacon de parfum?

LA PONCIA

Le plus cher. Et la poudre de riz. J'ai tout mis sur la table.

Angustias sort.

ADELA

Et motus!

LA PONCIA

Nous verrons!

Entrent Martirio, Amelia et Magdalena.

MAGDALENA, *à Adela.*

Tu as vu les dentelles?

AMELIA

Celles d'Angustias, pour ses draps de noce, sont ravissantes.

ADELA, *à Martirio
qui apporte des dentelles.*

Et celles-ci?

MARTIRIO

Elles sont pour moi. Pour une chemise.

ADELA, *sarcastique.*

Tu ne doutes de rien!

MARTIRIO, *d'un air entendu.*

Je serai la seule à les voir. Moi, je n'ai pas besoin de m'exhiber en public.

LA PONCIA

On ne se laisse pas voir en chemise!

MARTIRIO, *d'un air entendu,
en regardant Adela.*

Cela dépend! Mais j'adore les dessous. Si j'étais riche, je les aurais en toile de Hollande. C'est une des rares envies qui me restent.

LA PONCIA

Ces dentelles font très joli sur les béguins et les petits manteaux de baptême. Je n'ai jamais pu m'en payer. Qui sait si Angustias n'en aura pas besoin bientôt. Si elle se met à avoir des gosses, moi, je vous vois tirer l'aiguille du matin au soir.

MAGDALENA

Qu'elle ne compte pas sur moi! Je ne lui ferai pas un seul point.

AMELIA

Ni sur moi : je n'élèverai pas les enfants des autres. Regarde nos voisines dans la ruelle, comme elles se sacrifient pour leur marmaille.

LA PONCIA

N'empêche qu'elles vivent mieux que vous. Chez elles, on rit, on bouge, on fait du bruit au moins!

MARTIRIO

Eh bien, va-t'en servir chez elles.

LA PONCIA

Non. La destinée m'a mise dans ce couvent.

On entend des clochettes lointaines, comme à travers plusieurs murs.

MAGDALENA

Ce sont les hommes qui vont au travail.

LA PONCIA

Trois heures viennent de sonner.

MARTIRIO

Avec ce soleil!

ADELA, *s'asseyant.*

Oh! si je pouvais sortir aux champs, moi aussi!

MAGDALENA, *s'asseyant.*

Chacun sa place!

MARTIRIO, *s'asseyant.*

C'est ainsi.

AMELIA, *s'asseyant.*

Hélas!

LA PONCIA

Il n'y a rien d'aussi gai que les champs, à cette époque. Hier matin, les moissonneurs sont arrivés. Une cinquantaine de beaux gaillards.

MAGDALENA

D'où viennent-ils, cette année?

LA PONCIA

De très loin. Des montagnes. Joyeux! Brillants comme des arbres grillés de soleil! Et ils criaient, et ils lançaient des pierres! Hier soir, une femme est arrivée au village, tout habillée de paillettes; elle dansait à l'accordéon et quinze d'entre eux l'ont louée pour l'emmener aux oliviers. Je les ai

vus de loin. Celui qui la louait était un garçon
aux yeux verts, dru comme une gerbe de blé.

AMELIA

Vraiment?

ADELA

Est-ce possible!

LA PONCIA

Il y a quelques années, une de ces femmes est
venue et moi-même j'ai donné de l'argent à mon
fils aîné pour qu'il y aille. Les hommes ont besoin de ça.

ADELA

On leur pardonne tout.

AMELIA

Naître femme est le pire des châtiments.

MAGDALENA

Nous, rien ne nous appartient, pas même nos
yeux.

*On entend un chant lointain qui se rapproche
peu à peu.*

LA PONCIA

C'est eux. Ils ont de si jolies chansons.

AMELIA

Ils vont à la moisson.

LE CHŒUR

Nous sommes les moissonneurs
qui vont chercher les épis
et qui récoltent les cœurs
de toutes les jeunes filles.

Bruit de tambourins et de crécelles. Pause.
Les femmes écoutent dans un silence criblé
de soleil.

AMELIA

Et la chaleur ne leur fait rien!

MARTIRIO

Ils moissonnent au milieu des flammes.

ADELA

J'aimerais moissonner pour aller et venir. On
oublie ainsi ce qui nous ronge.

MARTIRIO

Qu'est-ce que tu as donc à oublier?

ADELA

Chacun a ses secrets.

MARTIRIO, *d'un ton pénétré.*

Chacun!

LA PONCIA

Taisez-vous! Taisez-vous!

LE CHŒUR, *très lointain.*

Ouvrez portes et fenêtres
vous qui vivez au hameau.

Le moissonneur veut des roses
pour les mettre à son chapeau.

LA PONCIA

Quel chant!

MARTIRIO, *avec nostalgie.*

Ouvrez portes et fenêtres
vous qui vivez au hameau...

ADELA, *avec passion.*

Le moissonneur veut des roses
pour les mettre à son chapeau...

Le chant s'éloigne.

LA PONCIA

Maintenant ils tournent au coin de la rue.

ADELA

Allons les voir par la fenêtre de ma chambre.

LA PONCIA

Attention, tout juste entrebâillée. Ils seraient
bien capables de l'ouvrir d'un coup pour voir
qui est derrière.

Elles sortent toutes, sauf Amelia et Martirio.

SCÈNE V

*Martirio reste assise sur sa chaise basse, la
tête entre les mains.*

AMELIA, *s'approchant.*

Qu'est-ce que tu as?

MARTIRIO

La chaleur m'incommode.

AMELIA

C'est tout?

MARTIRIO

Je souhaite qu'arrivent novembre, les jours de pluie, le givre, tout ce qui n'est pas cet interminable été.

AMELIA

Il passera et il reviendra.

MARTIRIO

Bien sûr! *(Pause.)* A quelle heure t'es-tu endormie la nuit dernière?

AMELIA

Je ne sais pas. Moi, je dors comme une souche. Pourquoi?

MARTIRIO

Pour rien, mais j'ai cru entendre des gens dans la cour.

AMELIA

Vraiment?

MARTIRIO

Très tard.

AMELIA

Et tu n'as pas eu peur?

MARTIRIO

Non. J'ai déjà entendu ce bruit, d'autres nuits.

AMELIA

Nous devrions faire attention. Ce ne seraient pas les valets?

MARTIRIO

Les valets arrivent à six heures.

AMELIA

... ou peut-être une jeune mule indocile?

MARTIRIO, *entre les dents,*
d'un ton plein de sous-entendus.

C'est cela! oui, une jeune mule indocile.

AMELIA

Il faut avertir!

MARTIRIO

Non. Non. Ne dis rien. C'est peut-être une imagination.

AMELIA

Peut-être.

Un temps. Amelia se dirige vers la sortie.

MARTIRIO

Amelia.

AMELIA, *à la porte.*

Quoi?

Un temps.

MARTIRIO

Rien.

Un temps.

AMELIA

Pourquoi m'as-tu appelée?

Un temps.

MARTIRIO

Cela m'a échappé.

Un temps.

AMELIA

Va t'allonger un peu.

SCÈNE VI

Entrée furieuse d'Angustias faisant un vif contraste avec les silences qui précèdent.

ANGUSTIAS

Où est le portrait de Pépé que j'avais sous mon oreiller? Laquelle de vous l'a pris?

MARTIRIO

Aucune.

AMELIA

On dirait que son Pépé est un saint Bartholomé d'argent.

ANGUSTIAS

Où est le portrait?

Entrent La Poncia, Magdalena et Adela.

ADELA

Quel portrait?

ANGUSTIAS

C'est une de vous qui me l'a caché.

MAGDALENA

Tu as le toupet de dire cela?

ANGUSTIAS

Il était dans ma chambre et il n'y est plus.

MARTIRIO

Est-ce qu'il ne se serait pas sauvé à minuit du côté de la cour? Pépé aime bien se promener au clair de lune.

ANGUSTIAS

Trêve de plaisanteries! Quand il viendra, je le lui dirai.

LA PONCIA

Ah non! On l'aura retrouvé! *(Elle regarde Adela.)*

ANGUSTIAS

J'aimerais savoir qui de vous l'a pris!

ADELA, *regardant Martirio.*

Qui tu voudras, mais pas moi!

MARTIRIO, *fielleuse.*

Bien sûr!

SCÈNE VII

BERNARDA, *entrant.*

Qu'est-ce que c'est que ce scandale chez moi, au plus fort de la chaleur et du silence! Les voisines doivent avoir l'oreille collée aux murs.

ANGUSTIAS

On m'a volé le portrait de mon fiancé.

BERNARDA, *furieuse.*

Qui? Qui?

ANGUSTIAS

Celles-là!

BERNARDA

Laquelle d'entre vous? *(Silence.)* Répondez-moi! *(Silence. A la Poncia :)* Va inspecter les chambres, fouille les lits. Voilà ce que c'est que de vous lâcher la bride. Mais vous ne perdez rien pour attendre! *(A Angustias :)* Tu en es sûre?

ANGUSTIAS

Oui.

BERNARDA

Tu l'as bien cherché?

ANGUSTIAS

Oui, mère.

Toutes sont debout dans un silence embarrassé.

BERNARDA

C'est pour mes derniers jours que vous me réserviez votre poison le plus amer! *(Criant à la Poncia :)* Tu ne l'as pas trouvé?

LA PONCIA, *entrant.*

Le voici.

BERNARDA

Où l'as-tu trouvé?

LA PONCIA

Il était...

BERNARDA

Parle sans crainte.

LA PONCIA, *interdite.*

Entre les draps de Martirio.

BERNARDA, *à Martirio.*

C'est vrai?

MARTIRIO

C'est vrai!

BERNARDA, *elle s'avance et la frappe.*

La peste t'emporte, sainte nitouche! Débris de verre pilé!

MARTIRIO, *farouche.*

Mère, ne me frappez pas!

BERNARDA

Autant qu'il me plaira!

MARTIRIO

Si je veux bien, vous entendez! Éloignez-vous!

LA PONCIA

Ne manque pas à ta mère.

ANGUSTIAS, *retenant Bernarda.*

Laissez-la. Je vous en prie!

BERNARDA

Elle n'a même pas une larme!

MARTIRIO

Je ne vais pas pleurer pour vous faire plaisir.

BERNARDA

Pourquoi as-tu pris ce portrait?

MARTIRIO

On ne peut pas plaisanter avec sa sœur? Que vouliez-vous que j'en fasse?

ADELA, *explosant de jalousie.*

Ce n'était pas une plaisanterie. Tu n'as jamais su en faire. C'est quelque chose qui gonflait ton cœur à en éclater. Avoue-le franchement.

MARTIRIO

Tais-toi. Ne me fais pas parler, sinon, les murs vont s'écrouler de honte!

ADELA

La mauvaise langue n'est jamais à court d'inventions!

BERNARDA

Adela!

MAGDALENA

Vous êtes folles.

AMELIA

Et vous nous lapidez avec vos mauvaises pensées.

MARTIRIO

D'autres font pis que cela.

ADELA

Jusqu'au jour où on les voit rouler toutes nues dans le ruisseau.

BERNARDA

Perverse!

ANGUSTIAS

Ce n'est pas ma faute, à moi, si Pépé le Romano m'a remarquée.

ADELA

Toi, ou ton argent?

ANGUSTIAS

Mère!

BERNARDA

Silence!

MARTIRIO

Toi, ou tes terrains?

MAGDALENA

Voilà le mot.

BERNARDA

Silence, j'ai dit! Je voyais venir la tempête, mais je ne pensais pas qu'elle éclaterait si tôt. Ah! quelle grêle de haine vous avez déversée sur mon cœur! Mais je suis encore verte; j'ai des chaînes pour chacune de vous et j'ai aussi cette maison, élevée par mon père, pour que personne — pas même les herbes — ne sache ma désolation. Sortez d'ici!

SCÈNE VIII

Elle sortent. Bernarda s'assoit, désolée. La Poncia est debout, contre le mur. Bernarda se ressaisit, tape le sol de sa canne et dit :

BERNARDA

Ah! je vous mettrai au pas! Bernarda : n'oublie pas ton devoir!

LA PONCIA

Puis-je parler?

BERNARDA

Parle. Je regrette que tu aies entendu. Une étrangère n'est pas à sa place au sein d'une famille.

LA PONCIA

Ce qui est fait est fait.

BERNARDA

Il faut qu'Angustias se marie immédiatement.

LA PONCIA

Bien sûr. Il faut la faire sortir d'ici.

BERNARDA

Pas elle. Lui!

LA PONCIA

En effet. C'est lui qu'il faut éloigner d'ici. Tu penses juste.

BERNARDA

Je ne pense pas. Il y a des choses qu'on ne peut ni ne doit penser. J'ordonne.

LA PONCIA

Et tu crois qu'il voudra s'en aller?

BERNARDA, *se levant*.

Qu'est-ce que tu vas imaginer?

LA PONCIA

Oh! évidemment, il se mariera avec Angustias.

BERNARDA

Parle, je te connais, tu as préparé ton couteau.

LA PONCIA

Un avertissement est donc un crime? Je n'aurais pas cru.

BERNARDA

Tu as un avertissement à me donner?

LA PONCIA

Je n'accuse pas, Bernarda. Je te dis seulement : ouvre les yeux et tu verras.

BERNARDA

Et tu verras quoi?

LA PONCIA

Tu as toujours été très fine. Tu as perçu le mal chez les gens, à cent lieues à la ronde; souvent, j'ai cru que tu devinais les pensées. Mais maintenant qu'il s'agit de tes filles... tu es aveugle.

BERNARDA

Tu fais allusion à Martirio?

LA PONCIA

Oui-i, à Martirio... *(Curieuse.)* D'après toi, pourquoi a-t-elle caché le portrait?

BERNARDA, *désirant couvrir sa fille.*

Après tout, elle a dit que c'était une plaisanterie. Pourquoi pas?

LA PONCIA, *sarcastique.*

Et tu crois ça?

BERNARDA, *énergique.*

Je ne le crois pas. C'est ainsi!

LA PONCIA

Très bien. Il s'agit de ta maison. Mais si c'était celle de la voisine d'en face, que dirais-tu?

BERNARDA

Je vois sortir la pointe de ton couteau.

LA PONCIA, *toujours cruelle.*

Bernarda, il se passe ici une chose énorme. Je ne veux pas te blâmer, mais tu n'as pas laissé de liberté à tes filles. Tu as beau dire, mais Martirio a besoin d'amour. Pourquoi ne l'as-tu pas laissée épouser Enrique Humanas? Le jour où il devait venir à sa fenêtre, pourquoi lui as-tu fait dire de ne pas se déranger?

BERNARDA

Je le ferais mille fois encore. Tant que je serai en vie, mon sang ne s'unira pas à celui des Humanas! Son père était valet de ferme.

LA PONCIA

Et voilà où mènent les prétentions!

BERNARDA

Tout le monde ne peut pas en avoir, toi, par exemple, qui sais très bien d'où tu sors.

LA PONCIA, *haineuse.*

Ne me le rappelle pas. Je suis déjà vieille. J'ai toujours reconnu ce que je te devais.

BERNARDA, *montée.*

On ne dirait pas!

LA PONCIA, *enrobant de douceur sa haine.*

Martirio oubliera...

BERNARDA

Et si elle n'oublie pas, tant pis pour elle. Je ne crois pas que ce soit là le « scandale » dont tu parles. Ici, il ne se passe rien. Dommage, n'est-ce pas? Et quand bien même il se passerait quelque chose un jour, dis-toi bien que cela ne sortirait pas de ces murs.

LA PONCIA

Je ne l'affirmerais pas. Au village, il y a aussi des gens qui lisent de loin les pensées secrètes.

BERNARDA

Tu serais ravie, hein, de nous voir, mes filles et moi, sur la route du lupanar!

LA PONCIA

Nul ne connaît sa fin!

BERNARDA

Moi si, je connais la mienne! Et celle de mes filles! Le lupanar, c'était bon pour quelqu'un d'autre que nous connaissions.

LA PONCIA

Bernarda, respecte la mémoire de ma mère!

BERNARDA

Alors, ne me persécute plus de ta malice!

LA PONCIA, *pause.*

Il vaudrait mieux que je ne me mêle de rien.

BERNARDA

C'est ce que tu devrais faire. Travailler sans répondre à personne. C'est l'obligation des gens à gages.

LA PONCIA

Mais c'est impossible. Car enfin, tu ne crois pas que Pépé serait mieux marié avec Martirio, ou bien... oui, avec Adela?

BERNARDA

Je ne crois pas.

LA PONCIA

Adela voilà la femme qu'il faudrait au Romano!

BERNARDA

Les choses ne sont jamais à notre convenance.

LA PONCIA

Mais il en coûte de les détourner de leur véritable inclination. Je ne vois pas Pépé avec Angustias; personne, d'ailleurs, pas même l'air qu'on respire. Qui sait s'ils auront le dernier mot!

BERNARDA

Nous y revoilà!... Tous ces détours pour me

plonger dans le cauchemar. Mais je ne veux pas t'entendre, parce que, si je te suivais jusqu'au bout, je te mettrais la figure en sang.

LA PONCIA

Je n'en mourrais pas!

BERNARDA

Heureusement, mes filles me respectent et elles ne sont jamais allées contre ma volonté.

LA PONCIA

Oui; mais à l'instant où tu les lâcheras, elles grimperont sur le toit.

BERNARDA

Je les en ferai descendre à coups de pierres.

LA PONCIA

Naturellement, tu es la plus forte!

BERNARDA

Mon poivre ne manque pas de piquant!

LA PONCIA

Comme le monde est bizarre, tout de même! A son âge, il faut voir l'engouement d'Angustias pour son fiancé! Et lui aussi a l'air bien mordu! Hier, mon fils aîné m'a raconté que, comme il passait dans la rue avec les bœufs à quatre heures et demie du matin, ils étaient encore en train de causer.

BERNARDA

A quatre heures et demie!

SCÈNE IX

ANGUSTIAS, *entrant.*

C'est faux!

LA PONCIA

C'est ce qu'on m'a dit.

BERNARDA, *à Angustias.*

Parle!

ANGUSTIAS

Voici plus d'une semaine que Pépé me quitte à une heure. Que je meure si je mens.

MARTIRIO, *entrant.*

Moi aussi, je l'ai entendu partir à quatre heures.

BERNARDA

Mais est-ce que tu l'as vu de tes propres yeux?

MARTIRIO

Je n'ai pas voulu me montrer. Vous ne vous parlez pas maintenant à la fenêtre de la ruelle?

ANGUSTIAS

Je parle à la fenêtre de ma chambre à coucher.

Apparaît Adela à la porte.

MARTIRIO

Alors...

BERNARDA

Qu'est-ce qui se passe ici?

LA PONCIA

Prends bien tes renseignements! Mais ce qu'il y a de certain, c'est que Pépé était à quatre heures du matin à une grille de ta maison.

BERNARDA

En es-tu absolument sûre?

LA PONCIA

Sûre? Personne ne l'est ici-bas.

ADELA

Mère, n'écoutez pas cette femme qui veut nous perdre toutes.

BERNARDA

Je saurai tout! Si les gens d'ici veulent susciter de faux témoignages, ils se briseront contre mon rocher. Plus un mot là-dessus. C'est peut-être une vague de fange que soulèvent nos ennemis pour nous perdre.

MARTIRIO

Pourtant, je n'aime pas mentir.

LA PONCIA

Il y a sûrement quelque chose là-dessous.

BERNARDA

Il n'y a rien du tout. Je suis née pour avoir les yeux ouverts. Désormais, je veillerai sans les fermer jusqu'au jour de ma mort.

ANGUSTIAS

J'ai le droit de savoir.

BERNARDA

Tu n'as que le droit d'obéir. A d'autres que moi les racontars. *(A la Poncia :)* Et toi, mêle-toi de tes propres affaires. Désormais, on ne fait plus un pas ici sans que je l'entende!

SCÈNE X

LA SERVANTE, *entrant.*

Il y a un attroupement au haut de la rue et tous les voisins sont à leurs portes.

BERNARDA, *à la Poncia.*

Cours voir ce qui se passe! *(Les filles de Bernarda se précipitent vers la sortie.)* Où allez-vous? Toujours aux aguets, sans respect pour le deuil! Rentrez au patio!

Elles sortent ainsi que Bernarda. Rumeurs

*lointaines. Entrent Martirio et Adela, aux
écoutes, n'osant pas faire un pas de plus vers
la porte de sortie.*

MARTIRIO

Remercie le hasard qui m'a lié la langue.

ADELA

J'aurais pu parler, moi aussi.

MARTIRIO

Et qu'est-ce que tu aurais dit? Désirer n'est
pas agir!

ADELA

Pour agir, il faut être capable de s'avancer.
Toi, tu le désirais, mais tu n'as pas pu.

MARTIRIO

Ce manège ne continuera plus longtemps.

ADELA

Autant que je voudrai.

MARTIRIO

Je briserai tes étreintes.

ADELA, *suppliante.*

Martirio, laisse-moi!

MARTIRIO

Ni toi ni moi!

ADELA

Il veut m'avoir chez lui!

MARTIRIO

J'ai vu comme il te serrait dans ses bras!

ADELA

Je ne voulais pas... Je me suis sentie comme entraînée par une corde.

MARTIRIO

Plutôt te voir morte!

SCÈNE XI

Magdalena et Angustias se montrent à la porte. On entend grandir le tumulte.

LA PONCIA, *entrant avec Bernarda.*

Bernarda!

BERNARDA

Que se passe-t-il?

LA PONCIA

La fille de la Librada, qui n'est pas mariée, a eu un enfant, on ne sait de qui.

ADELA

Un enfant?

LA PONCIA

Et pour cacher sa honte, elle l'a tué et l'a enfoui sous des pierres; mais les chiens, qui ont plus de cœur que bien des hommes, l'ont tiré de là, et comme guidés par la main de Dieu, l'ont déposé sur le seuil de sa porte. On veut la tuer. On l'entraîne vers le bas de la rue... Des sentiers et des bois d'oliviers, les hommes accourent en poussant des cris qui font trembler la campagne.

BERNARDA

Oui, qu'ils viennent tous avec des gourdins d'olivier et des manches de pioche, qu'ils viennent tous pour la tuer.

ADELA

Non, non, qu'on ne la tue pas!

MARTIRIO

Si! Allons-y toutes.

BERNARDA

Qu'elle paie. Elle a foulé aux pieds son honneur.
Dehors, on entend un cri de femme et une grande rumeur.

ADELA

Qu'on la lâche! Ne sortez pas, vous autres!

MARTIRIO, *regardant Adela.*

Qu'elle paie son dû!

BERNARDA, *sous la voûte de la porte.*

Qu'on l'achève avant qu'arrivent les gendarmes! Du charbon ardent à l'endroit de son péché!

ADELA, *se saisissant le ventre.*

Non! Non!

BERNARDA

Tuez-la! Tuez-la!

RIDEAU

ACTE TROISIÈME

Quatre murs blancs, légèrement bleutés, dans le patio de la maison de Bernarda. C'est la nuit. Le décor doit être d'une parfaite simplicité. Les portes des chambres éclairées illuminent faiblement la scène. Au centre, une table avec une lampe à pétrole.

SCÈNE PREMIÈRE

Bernarda et ses filles sont en train de dîner. La Poncia les sert. Prudencia est assise un peu à part. Le rideau se lève dans un grand silence, rompu seulement par le bruit d'assiettes et de couverts.

PRUDENCIA

Je m'en vais. Je vous ai fait une longue visite.

Elle se lève.

BERNARDA

Reste encore un peu. On ne se voit jamais.

PRUDENCIA

On a sonné le dernier coup pour le rosaire?

LA PONCIA

Pas encore.

Prudencia se rassoit.

BERNARDA

Et ton mari, comment va-t-il?

PRUDENCIA

Toujours pareil.

BERNARDA

On ne le voit pas, non plus.

PRUDENCIA

Tu connais ses habitudes. Depuis qu'il s'est disputé avec ses frères à propos de l'héritage, il ne sort plus par la porte de la rue. Il pose une échelle, saute la clôture et passe par la cour.

BERNARDA

Voilà un homme. Et ta fille?

PRUDENCIA

Il ne lui a pas pardonné.

BERNARDA

A la bonne heure!

PRUDENCIA

Je ne sais que te dire. Moi, j'en souffre.

BERNARDA

Une fille qui désobéit n'est plus une fille. C'est une ennemie.

PRUDENCIA

Moi, je laisse aller les choses. Je n'ai plus que la consolation de me réfugier à l'église, mais, comme je perds la vue, il faudra que je cesse d'y aller pour ne pas devenir la risée des enfants. *(On entend un grand coup, donné contre les murs.)* Qu'est-ce que c'est?

BERNARDA

L'étalon qui est enfermé et qui lance des ruades contre le mur. *(A la cantonade :)* Entravez-le et sortez-le dans la cour! *(A voix basse :)* Il doit être en chaleur.

PRUDENCIA

Vous allez lui lâcher les pouliches nouvelles?

BERNARDA

A l'aube.

PRUDENCIA

Tu as su accroître ton cheptel.

BERNARDA

A force de dépenses et de peines.

LA PONCIA, *intervenant.*

Mais elle a le meilleur troupeau de tout le voisinage. Dommage seulement que les prix aient baissé.

BERNARDA

Veux-tu un peu de fromage et de miel?

PRUDENCIA

Je n'ai plus d'appétit.

> *On entend un autre coup.*

LA PONCIA

Mon Dieu!

PRUDENCIA

Je l'ai senti résonner dans ma poitrine!

BERNARDA, *se levant, furieuse.*

Faut-il vous dire deux fois les choses? Lâchez-le, qu'il se vautre sur les tas de paille! *(Pause. Comme discutant avec les valets.)* Eh bien, enfermez les pouliches dans l'écurie et libérez-le, sinon, il va nous renverser les murs. *(Elle se dirige vers la table et se rassoit.)* Ah! quelle vie!

PRUDENCIA

Tu trimes comme un homme.

BERNARDA

C'est cela. *(Adela se lève de table.)* Où vas-tu?

ADELA

Boire de l'eau.

BERNARDA, *à la cantonade.*

Qu'on apporte une cruche d'eau fraîche! *(A Adela :)* Tu peux t'asseoir.

Adela se rassoit.

PRUDENCIA

Et Angustias, quand se marie-t-elle?

BERNARDA

On vient la demander dans trois jours.

PRUDENCIA

Tu dois être contente.

ANGUSTIAS

Bien sûr!

AMELIA, *à Magdalena.*

Tu as renversé le sel.

MAGDALENA

On n'en sera pas plus malheureuses, va.

AMELIA

C'est toujours mauvais signe.

BERNARDA

Allons donc!

PRUDENCIA, *à Angustias.*

Il t'a déjà offert l'anneau?

ANGUSTIAS

Regardez.

Elle le lui tend.

PRUDENCIA

Il est joli. Trois perles. De mon temps, les perles voulaient dire des larmes.

ANGUSTIAS

Tout cela a changé.

ADELA

Je ne crois pas. Les choses ont toujours la même signification. Les anneaux de fiançailles doivent être en diamant.

PRUDENCIA

Cela convient mieux.

BERNARDA

Perles ou non, les choses sont comme on se les propose.

MARTIRIO

Ou comme Dieu en dispose.

PRUDENCIA

Les meubles sont superbes, paraît-il.

BERNARDA

Ils m'ont coûté seize mille réaux.

LA PONCIA, *intervenant.*

Le plus beau, c'est l'armoire à glace.

PRUDENCIA

Je n'en ai jamais vu.

BERNARDA

Nous autres, nous avions des bahuts.

PRUDENCIA

L'essentiel est que tout soit pour le mieux.

ADELA

On ne sait jamais.

BERNARDA

Il n'y a pas de raison pour que cela ne soit pas.
On entend des cloches très lointaines.

PRUDENCIA

Le dernier coup. *(A Angustias :)* Je reviendrai
pour que tu me montres ton trousseau.

ANGUSTIAS

Quand vous voudrez.

PRUDENCIA

Dieu nous accorde une bonne nuit!

BERNARDA

Au revoir, Prudencia.

LES CINQ FILLES

Dieu soit avec vous.

Pause. Prudencia sort.

BERNARDA

Le repas est fini.

Elles se lèvent.

ADELA

Je vais jusqu'au portail pour me dégourdir les jambes et prendre un peu le frais.

Magdalena s'assoit sur une chaise basse contre le mur.

AMELIA

Je t'accompagne.

MARTIRIO

Moi aussi.

ADELA, *avec une haine contenue.*

Je ne vais pas me perdre.

AMELIA

La nuit, on a besoin de compagnie.

Elles sortent.

SCÈNE II

Bernarda s'assied tandis qu'Angustias arrange la table.

BERNARDA

Je te l'ai déjà dit : je veux que tu parles avec ta sœur Martirio. L'incident du portrait n'était qu'une plaisanterie; tu dois l'oublier.

ANGUSTIAS

Vous savez qu'elle ne m'aime pas.

BERNARDA

Chacun sait ce qui se passe en lui. Moi, je ne sonde pas les cœurs; ce que je veux, c'est une belle façade et l'harmonie dans ma famille. Tu comprends?

ANGUSTIAS

Oui.

BERNARDA

C'est tout.

MAGDALENA, *presque endormie.*

D'ailleurs, tu nous quittes sous peu.

Elle se rendort.

ANGUSTIAS

Cela me semble bien loin.

BERNARDA

A quelle heure avez-vous fini de causer, la
nuit dernière?

ANGUSTIAS

A minuit et demi.

BERNARDA

Que raconte Pépé?

ANGUSTIAS

Je le trouve distrait. Il me parle toujours
comme s'il pensait à autre chose. Et quand je lui
demande ce qu'il a, il me répond que les hommes ont
leurs soucis.

BERNARDA

Tu n'as pas à le questionner. Et quand tu seras
mariée, encore moins. Parle s'il parle et regarde-
le quand il te regarde. Ainsi tu n'auras pas de
déboires.

ANGUSTIAS

Mère, je crois qu'il me cache beaucoup de
choses.

BERNARDA

N'essaie pas de les découvrir, ne le questionne
pas et, bien entendu, qu'il ne te voie jamais pleurer.

ANGUSTIAS

Je devrais être heureuse et je ne le suis pas

BERNARDA

C'est pareil.

ANGUSTIAS

Parfois, quand je le fixe longuement, son image se brouille à travers la grille, comme si elle se fondait dans les nuages de poussière que soulèvent les troupeaux.

BERNARDA

C'est un effet de ta faiblesse.

ANGUSTIAS

Puissiez-vous dire vrai!

BERNARDA

Vient-il cette nuit?

ANGUSTIAS

Non. Il est allé à la ville avec sa mère.

BERNARDA

Nous nous coucherons donc plus tôt. Magdalena!

ANGUSTIAS

Elle dort.

SCÈNE III

Entrent Adela, Martirio et Amelia.

AMELIA

Quelle nuit sombre!

ADELA

On n'y voit pas à deux mètres devant soi.

MARTIRIO

Une bonne nuit pour les voleurs, et pour qui a besoin de se cacher.

ADELA

L'étalon était au beau milieu de la cour, si blanc, deux fois sa taille, et il emplissait toute l'obscurité!

AMELIA

C'est vrai. Il faisait peur. On aurait dit une apparition.

ADELA

Il y a au ciel des étoiles grosses comme le poing.

MARTIRIO

Pour mieux les voir, celle-ci se renversait à se rompre le cou.

ADELA

Tu ne les aimes pas, toi?

MARTIRIO

Les choses du ciel me laissent parfaitement indifférente. Avec ce qui se passe à la maison, j'ai largement de quoi m'occuper.

ADELA

C'est ton affaire.

BERNARDA

C'est son affaire. Chacune la sienne.

ANGUSTIAS

Bonne nuit.

ADELA

Tu te couches déjà?

ANGUSTIAS

Oui, cette nuit Pépé ne vient pas.

Elle sort.

SCÈNE IV

ADELA

Mère, pourquoi dit-on, quand on voit une étoile filante ou un éclair :

Sainte Barbe bénie
qui es au ciel inscrite
sur du papier avec de l'eau bénite?

BERNARDA

Les anciens savaient beaucoup de choses que
nous avons oubliées.

AMELIA

Moi, je ferme les yeux pour ne pas les voir.

ADELA

Moi non. J'aime voir filer toutes lumineuses des
choses qui sont restées immobiles pendant des
années et des années.

MARTIRIO

Mais elles n'ont rien à voir avec nous.

BERNARDA

Il vaut mieux ne pas y penser.

ADELA

Quelle belle nuit! J'aimerais veiller très tard
pour goûter la fraîcheur de la campagne.

BERNARDA

Mais il faut se coucher. Magdalena!

AMELIA

Elle est dans son premier somme.

Acte III, scène IV

BERNARDA

Magdalena!

MAGDALENA, *fâchée.*

Laissez-moi la paix!

BERNARDA

Au lit!

MAGDALENA, *se levant, de mauvaise humeur.*

Pas moyen d'être tranquille, ici!

Elle s'en va en ronchonnant.

AMELIA

Bonne nuit.

Elle sort.

BERNARDA

Rentrez, vous aussi.

MARTIRIO

Comment se fait-il que le fiancé d'Angustias ne vienne pas, ce soir?

BERNARDA

Il est en voyage.

MARTIRIO, *regardant Adela.*

Ah!

ADELA

A demain.

Elle sort.
Martirio boit de l'eau et sort lentement en
regardant vers la porte de la cour.

SCÈNE V

LA PONCIA, *entrant.*

Tu es encore là?

BERNARDA

Je jouis de ce silence, sans arriver à découvrir
le « scandale » que tu m'annonçais.

LA PONCIA

Bernarda, laissons là ce sujet.

BERNARDA

Il n'y a pas de sujet qui tienne. Ma vigilance
est la plus forte.

LA PONCIA

Extérieurement, il ne se passe rien. C'est vrai.
Tes filles sont comme enfermées dans des placards. Mais ni toi ni personne ne peut surveiller
ce qui se passe au-dedans de leur poitrine.

BERNARDA

Mes filles ont la respiration tranquille.

LA PONCIA

C'est ce qui compte pour toi qui es leur mère.
Moi, avec mon service, j'ai suffisamment à faire.

BERNARDA

Te voici muette.

LA PONCIA

Je reste à ma place, n'en parlons plus.

BERNARDA

La vérité, c'est que tu ne peux rien dire. Si
dans cette maison il y avait de l'herbe, tu t'em-
presserais d'y faire venir paître le bétail du voisinage.

LA PONCIA

Je tais plus de choses que tu n'imagines.

BERNARDA

Est-ce que ton fils continue à voir Pépé ici à
quatre heures du matin? Est-ce que les gens
continuent à débiter leurs calomnies sur ma
maison?

LA PONCIA

Ils ne disent rien.

BERNARDA

Parce qu'ils ne peuvent pas. Parce qu'ils ne
trouvent pas où planter leurs dents. Grâce à la
vigilance de mes yeux.

LA PONCIA

Bernarda, je ne veux point parler, parce que j'ai peur de ta méchanceté. Mais ne sois pas si sûre de toi.

BERNARDA

Plus que sûre!

LA PONCIA

La foudre peut tomber tout d'un coup. Ton cœur peut s'arrêter soudain.

BERNARDA

Ici, rien ne se passe. Je suis armée contre tes suppositions.

LA PONCIA

Eh bien, tant mieux pour toi.

BERNARDA

J'espère bien!

LA SERVANTE, *entrant*.

J'ai fini la vaisselle. Vous avez autre chose à me commander, Bernarda?

BERNARDA, *se levant*.

Rien. Je vais me reposer.

LA PONCIA

A quelle heure veux-tu que je te réveille?

BERNARDA

Inutile. Cette nuit, je vais bien dormir.

Elle sort.

SCÈNE VI

LA PONCIA

Quand on ne peut rien contre un danger, le plus facile est de lui tourner le dos pour ne pas le voir.

LA SERVANTE

Elle est si fière qu'elle se met elle-même un bandeau sur les yeux.

LA PONCIA

Moi, je ne peux plus rien faire. J'ai voulu barrer la route à ce qui vient; mais maintenant j'ai peur. Tu entends ce silence? Eh bien, dans chacune de ces chambres, il y a une tempête. Le jour où elle éclatera, elle nous balaiera toutes. J'ai dit ce que je devais dire.

LA SERVANTE

Bernarda croit que nul ne peut la vaincre; mais elle ne sait pas quelle force exerce un homme sur des femmes seules.

LA PONCIA

Ce n'est pas tout à fait la faute de Pépé le

Romano. Il est vrai que, l'an dernier, il courtisait
Adela et qu'elle est folle de lui; mais elle aurait
dû rester à sa place et ne pas le provoquer. Un
homme est un homme.

LA SERVANTE

On prétend qu'il a parlé plus d'une fois avec
Adela.

LA PONCIA

C'est vrai. *(A voix basse :)* Et ce n'est pas tout.

LA SERVANTE

Je ne sais ce qui va se passer ici.

LA PONCIA

J'aimerais traverser la mer et laisser là cette
ménagerie.

LA SERVANTE

Bernarda presse la noce et il est possible que
rien ne se passe.

LA PONCIA

Les choses sont trop mûres maintenant. Adela
est prête à tout et les autres la surveillent sans
relâche.

LA SERVANTE

Martirio aussi?...

LA PONCIA

C'est la plus mauvaise. Un puits de venin. Elle

voit que Pépé le Romano n'est pas pour elle et elle détruirait le monde entier si elle le pouvait.

LA SERVANTE

Elles sont terribles!

LA PONCIA

Ce sont des femmes sans homme, voilà tout. En pareil cas, on oublie jusqu'aux liens du sang. Chut!

Elle écoute.

LA SERVANTE

Qu'y a-t-il?

LA PONCIA, *se levant.*

Les chiens aboient.

LA SERVANTE

Quelqu'un a dû franchir le portail.

SCÈNE VII

Entre Adela en jupon blanc et corsage.

LA PONCIA

Tu n'es pas couchée?

ADELA

Je viens boire.

Elle boit a une cruche de la table

LA PONCIA

Je te croyais endormie.

ADELA

La soif m'a réveillée. Et vous, voús ne vous
reposez pas?

LA SERVANTE

Nous y allons.

Adela sort.

SCÈNE VIII

LA PONCIA

Partons.

LA SERVANTE

Nous n'avons pas volé notre sommeil. Bernarda
ne me laisse pas souffler, de tout le jour.

LA PONCIA

Prends la lampe.

LA SERVANTE

Les chiens sont déchaînés.

LA PONCIA

Ils ne vont pas nous laisser dormir.

SCÈNE IX

Elles sortent. La scène est presque complètement noire. Entre Maria Josefa tenant une brebis dans ses bras.

MARIA JOSEFA

Agnelet, mon enfant,
nous irons jusqu'au bord de la mer.
La fourmi nous verra de sa porte
et je te donnerai le sein et le pain.

Bernarda,
face de léoparde.
Magdalena,
face d'hyène.
Agnelet!
Méée, méée.
Allons aux rameaux des portes de Bethléem.

Ni toi ni moi nous ne voulons dormir
La porte s'ouvrira d'elle-même.
Et nous aurons sur la plage
une cabane de corail.

Bernarda,
face de léoparde.
Magdalena,
face d'hyène

Agnelet!

Méée, méée.

Allons aux rameaux des portes de Bethléem.

Elle s'en va en chantonnant.

SCÈNE X

Entre Adela. Elle regarde furtivement de tous côtés et disparaît par la porte de la cour. Arrive Martirio par une autre porte; elle reste au centre de la scène, épiant avec angoisse. Elle est en jupon et porte un châle noir sur les épaules. En face d'elle entre Maria Josefa.

MARTIRIO

Grand-mère, où allez-vous?

MARIA JOSEFA

Tu vas m'ouvrir la porte? Qui es-tu?

MARTIRIO

Comment êtes-vous venue ici?

MARIA JOSEFA

Je me suis sauvée. Qui es-tu?

MARTIRIO

Allez vous coucher.

MARIA JOSEFA

Tu es Martirio, je te reconnais. Martirio, face de Martirio. Et quand auras-tu un enfant? Moi, j'ai eu celui-ci.

MARTIRIO

Où avez-vous pris cet agneau?

MARIA JOSEFA

Je sais bien que c'est un agneau. Mais pourquoi un agneau ne serait-il pas un enfant? Mieux vaut avoir un agneau que rien du tout. Bernarda, face de léoparde. Magdalena, face d'hyène.

MARTIRIO

Ne criez pas.

MARIA JOSEFA

C'est vrai. Il fait très noir. Comme j'ai les cheveux blancs, tu crois que je ne peux pas avoir d'enfants... mais si, des enfants, des enfants et des enfants. Ce petit aura les cheveux blancs et il aura un autre petit, et cet autre un autre, tous avec des cheveux de neige et nous serons comme les vagues, là, là, et là. Alors, nous nous assoirons tous et tous nous aurons les cheveux blancs et nous serons de l'écume. Pourquoi ici n'y a-t-il pas d'écume? Ici, il n'y a que des voiles de deuil.

MARTIRIO

Allons, taisez-vous.

MARIA JOSEFA

Quand ma voisine a eu un bébé, je lui apportais du chocolat, et alors elle me l'amenait, toujours, toujours, toujours. Toi, tu auras les cheveux blancs, mais les voisines ne viendront pas. Il faut que je m'en aille, mais j'ai peur que les chiens ne me mordent. Veux-tu m'aider à sortir des champs? Je n'aime pas les champs. Il me faut des maisons, mais des maisons ouvertes et les voisines seront couchées dans leurs lits avec leurs petits enfants et les hommes dehors, assis sur leurs chaises. Pépé le Romano est un géant. Vous le désirez toutes. Mais lui, il va vous dévorer, parce que vous êtes des grains de blé. Non, pas des grains de blé. Des grenouilles sans langue!

MARTIRIO

Allons. Retournez vous coucher.

Elle la pousse.

MARIA JOSEFA

Oui, mais après tu m'ouvriras, n'est-ce pas?

MARTIRIO

Bien sûr.

MARIA JOSEFA, *pleurant.*

Agnelet, mon enfant,
nous irons jusqu'au bord de la mer.
La fourmi nous verra de sa porte
et je te donnerai le sein et le pain

SCÈNE XI

Martirio ferme la porte par où est sortie Maria Josefa et se dirige vers celle de la cour. Là, elle hésite, fait encore deux pas.

MARTIRIO, *à voix basse.*

Adela. *(Pause. Elle avance jusqu'à la porte. A haute voix :)* Adela!

Adela paraît, les cheveux en désordre.

ADELA

Pourquoi me cherches-tu?

MARTIRIO

Laisse cet homme!

ADELA

Qui es-tu pour me parler ainsi?

MARTIRIO

Ce n'est pas ici la place d'une honnête femme.

ADELA

Mais tu meurs d'envie de l'occuper!

MARTIRIO, *à haute voix.*

Le moment est venu pour moi de parler. Ce petit jeu ne peut plus durer.

ADELA

Il commence à peine. J'ai eu la force de faire le pas. L'audace et le mérite que toi tu n'as pas eus. J'ai vu la mort sous ce toit et je suis sortie pour chercher ce qui était mon bien, ce qui m'appartenait.

MARTIRIO

Cet homme sans cœur est venu pour une autre. Tu t'es mise sur sa route.

ADELA

Il est venu pour l'argent, mais toujours ses yeux se posaient sur moi.

MARTIRIO

Je ne te permettrai pas de l'enlever. Il se mariera avec Angustias.

ADELA

Tu sais mieux que moi qu'il ne l'aime pas.

MARTIRIO

Je le sais.

ADELA

Tu sais encore — car tu l'as vu — que c'est moi qu'il aime.

MARTIRIO, *exaspérée.*

Oui.

ADELA, *s'approchant.*

C'est moi qu'il aime. C'est moi qu'il aime.

MARTIRIO

Plante-moi un couteau dans la gorge, si tu
veux, mais ne répète plus ces mots.

ADELA

Voilà pourquoi tu veux m'empêcher d'aller
avec lui. Cela ne te fait rien s'il embrasse une
femme qu'il n'aime pas. A moi non plus. Il pourrait rester cent ans avec Angustias; mais qu'il
m'embrasse moi... ça te rend malade, parce que
tu l'aimes, toi aussi, tu l'aimes.

MARTIRIO, *dramatique.*

Eh bien, oui! Laisse-moi le dire enfin à visage
découvert. Et que mon cœur éclate comme une
grenade d'amertume. Je l'aime!

ADELA, *dans un élan, la prenant dans ses bras.*

Martirio, Martirio, ce n'est pas ma faute.

MARTIRIO

Ne me touche pas! N'essaie pas d'adoucir mes
yeux. Mon sang n'est plus le tien. Si même je
voulais te regarder comme une sœur, je ne te
vois plus maintenant que comme une femme.

Elle la repousse.

ADELA

Alors, il n'y a plus rien à faire. C'est le sauve-
qui-peut. Moi, j'ai Pépé le Romano. Il m'amène
aux roseaux de la rivière.

MARTIRIO

Jamais!

ADELA

Je ne supporte plus l'horreur de ces murs
après avoir goûté la saveur de sa bouche. Je serai
sa chose... tout le village contre moi, me brûlant
de ses doigts de feu... poursuivie par « les honnêtes gens »... Et je me mettrai la couronne
d'épines des femmes qui sont aimées par un
homme marié.

MARTIRIO

Tais-toi!

ADELA

Oui. Oui. *(A voix basse :)* Allons dormir; qu'il
épouse Angustias, cela m'est égal; pour moi, j'irai
vivre dans une cabane isolée où il me verra
quand il voudra, quand il en aura envie.

MARTIRIO

Tant qu'il me restera une goutte de sang dans
les veines, cela ne se fera pas.

ADELA

Ce n'est pas toi, qui es chétive, c'est un cheval
cabré que je pourrais mettre à genoux, rien
qu'avec la force de mon petit doigt.

MARTIRIO

N'élève pas cette voix qui m'irrite. J'ai le cœur

plein d'une force si mauvaise qu'elle m'étouffe, malgré moi.

ADELA

On nous apprend à aimer nos sœurs. Dieu a dû me laisser seule dans la nuit, car je te vois comme si je ne t'avais jamais vue.

Coup de sifflet. Adela court vers la porte. Martirio se met en travers.

MARTIRIO

Où vas-tu?

ADELA

Ote-toi de la porte!

MARTIRIO

Passe si tu peux!

ADELA

Écarte-toi!

Elles luttent.

MARTIRIO, *criant.*

Mère, mère!

SCÈNE XII

Apparaît Bernarda avec une canne, en jupon et châle noir.

BERNARDA

Du calme, du calme! Quelle misère de ne pas tenir la foudre entre les doigts!

MARTIRIO, *désignant Adela.*

Elle a été avec lui! Regardez ce jupon plein de paille de blé!

BERNARDA

C'est la couche des filles maudites!

Elle se dirige furieuse vers Adela.

ADELA, *lui faisant front.*

Fini, le bagne! Finis, les ordres! *(Adela lui arrache sa canne et la casse en deux.)* Tiens, voilà ce que j'en fais, de la tyrannie! Plus un pas! Personne d'autre ne me commande que Pépé.

MAGDALENA, *entrant.*

Adela!

Entrent la Poncia et Angustias.

ADELA

Je suis sa femme. *(A Angustias :)* Sache-le; va dans la cour le lui dire. C'est lui qui dominera sur toute cette maison. Il est là, dehors, qui souffle comme un lion.

ANGUSTIAS

Mon Dieu!

BERNARDA

Le fusil! Où est le fusil?

> *Elle sort en courant.*
> *Martirio sort derrière elle. Amelia apparaît dans le fond; elle regarde la scène, atterrée, la tête contre le mur.*

ADELA

Personne ne me courbera!

> *Elle se prépare à sortir.*

ANGUSTIAS, *la retenant.*

D'ici tu ne sortiras pas avec ton corps triomphant. Voleuse! Opprobre de notre maison!

MAGDALENA

Laisse-la partir, qu'on ne la revoie plus!

> *Un coup de feu.*

BERNARDA, *entrant.*

Ose maintenant le chercher.

MARTIRIO, *rentrant.*

Tu peux lui dire adieu!

ADELA

Pépé! Mon Dieu! Pépé!

> *Elle sort en courant.*

SCÈNE XIII

LA PONCIA

Comment? Vous l'avez tué?

MARTIRIO

Non. Il s'est sauvé au galop sur sa jument.

BERNARDA

C'est ma faute : les femmes ne savent pas viser.

MAGDALENA

Alors, pourquoi est-ce que tu lui as dit ça?

MARTIRIO

Pour elle! Je lui aurais renversé un fleuve de sang sur la tête!

LA PONCIA

Maudite.

MAGDALENA

Possédée du démon!

BERNARDA

Cela vaut mieux ainsi. *(On entend un coup.)* Adela, Adela!

LA PONCIA, *à la porte.*

Ouvre!

BERNARDA

Ouvre. Ne crois pas que les murs défendent de la honte.

LA SERVANTE, *entrant.*

Les voisins se sont levés!

BERNARDA, *à voix basse, dans un rugissement.*

Ouvre, sinon je défonce la porte! *(Pause. Tout reste silencieux.)* Adela! *(Elle s'éloigne de la porte.)* Vite un marteau! *(La Poncia donne un coup d'épaule et entre dans la chambre. Elle pousse un cri et sort.)* Quoi?

LA PONCIA, *portant les mains à son cou.*

Dieu nous préserve d'une pareille fin!

> *Les sœurs se rejettent en arrière. La servante se signe. Bernarda pousse un cri et avance.*

LA PONCIA

N'entre pas!

BERNARDA

Non. Je n'entrerai pas! Toi, le Romano, tu peux encore courir tout vivant dans l'obscurité des grands arbres, mais un de ces jours tu tomberas. Détachez-la! Ma fille est morte vierge! Portez-la dans sa chambre, mettez-lui la toilette des jeunes filles. Que personne ne parle! Elle est morte vierge. Demain à l'aube, on sonnera deux fois le glas.

MARTIRIO

Bienheureuse mille fois, elle qui a pu le tenir dans ses bras.

BERNARDA

Et je ne veux pas de larmes. La mort, il faut la regarder en face. Silence! *(A une autre de ses filles :)* J'ai dit qu'on se taise! *(A une autre :)* Les larmes, quand tu seras seule! Nous nous noierons toutes dans un océan de deuil! Adela, la plus jeune des filles de Bernarda Alba, est morte vierge. Vous m'avez entendue? Silence, silence, j'ai dit. Silence!

RIDEAU

ŒUVRES COMPLÈTES
DE FEDERICO GARCIA LORCA

Aux Éditions Gallimard

ŒUVRES COMPLÈTES

Tome I. — POÉSIES I : Livre de Poèmes. — Premières Chansons. — Chansons. — Poème du Cante Jondo. *Traductions d'André Belamich et Pierre Darmangeat.*

Tome II. — POÉSIES II : Romancero gitan. — Le poète à New York. — Chant funèbre pour Ignacio Sanchez Mejias. — Poèmes galiciens. — Divan du Tamarit. — Poèmes détachés. *Traductions d'A. Belamich, C. Couffon, P. Darmangeat, B. Sesé, J. Supervielle et J. Prévost.*

Tome III. — THÉÂTRE I : Le Maléfice de la Phalène. — Mariana Pineda. — Le Guinol au Gourdin. — La Savetière prodigieuse. — Les Amours de Don Perlimplin avec Bélise en son jardin. *Traductions d'André Belamich.*

Tome IV. — THÉÂTRE II : Noces de Sang. — Yerma. — Doña Rosita ou le langage des fleurs. *Traductions de Marcelle Auclair.*

Tome V. — THÉÂTRE III : Petit Théâtre. — Le jeu de Don Cristobal — Lorsque cinq ans seront passés. — Le Public. — La Maison de Bernarda Alba. *Traductions de M. Auclair, A. Belamich, C. Couffon et P. Verdevoye.*

Tome VI. — PROSE : Impressions et paysages. — Proses diverses. — Conférences. — Correspondance. *Traductions de C. Couffon et A. Belamich.*

Tome VII. — Conférences, interviews, correspondance. *Traductions d'André Belamich.*

Bibliothèque de la Pléiade

ŒUVRES COMPLÈTES, I : Poésie. — Prose. — Correspondance.
ŒUVRES COMPLÈTES, II : Théâtre.

COLLECTION FOLIO

Composition Firmin Didot.
Impression CPI Bussière
à Saint-Amand (Cher), le 16 septembre 2010.
Dépôt légal : septembre 2010.
1ᵉʳ dépôt légal dans la collection : avril 2006.
Numéro d'imprimeur : 102715/1.
ISBN 978-2-07-033906-8./Imprimé en France.